SONIA RODRIGUES

Estrangeira

Editora Nova Fronteira Participações S.A.
Rua Nova Jerusalém, 345 – Bonsucesso – 21042-235
Rio de Janeiro – RJ – Brasil
Tel.: (21) 3882-8200 – Fax: (21) 3882-8212/8313

Texto revisto pelo novo Acordo Ortográfico.

CIP-Brasil. Catalogação na fonte.
Sindicato Nacional dos Escritores de Livros, RJ.

R611e Rodrigues, Sonia, 1955-
Estrangeira / Sonia Rodrigues. - Rio de Janeiro : Nova Fronteira, 2010.

ISBN 978-85-209-2475-4

1. Romance brasileiro. I. Título.

CDD: 869.93
CDU: 821.134.3(81)-3

As histórias aqui contadas não estariam escritas sem o amor a quem abraça tempestades, renasce da espuma do mar, gosta de olhar a vida, com alegria e doçura, à luz de espelhos.

Este livro é também uma homenagem a quem gargalha em desafio aos entroncamentos quase impossíveis. Porque é preciso ter coragem para rir e seguir adiante. Amando.

1 Laços 9
2 Setembro de 1998 13
3 Separações 17
4 Estrangeira 21
5 Outubro de 1998 25
6 Assimetria 27
7 Novembro de 1998 29
8 Dezembro de 1998 31
9 Janeiro de 1999 33
10 Canto 37
11 Fevereiro de 1999 41
12 Segredos 43
13 Devorada 47
14 Menos de 20 51
15 Abril de 1999 55
16 Cega 59
17 Maio de 1999 63
18 Musa 67
19 Junho de 1999 69
20 Intimidade 73
21 Julho de 1999 77
22 Futuro 79
23 Agosto de 1999 81
24 Nuances 85
25 Vício 89

26 Brega 91
27 Voz 93
28 Perverter 95
29 Rede 97
30 Perfil 101
31 Máscaras 103
32 Pimenta 111
33 Ladrilhos 113
34 Anúncio 121
35 Violência 123
36 Fogo amigo 127
37 Dezembro de 1999 131
38 Tribo 133
39 Meu amor,
meu amor, meu amor, 137
40 Muralha 141
41 Duas mulheres 145
42 Veneno 151
43 Domingo 159
44 Inspiração 163
45 Luz 165
46 Rainha 171
47 Penélope 181
48 Estrangeira 185
49 Visões 187

Laços

Hoje entrou no meu perfil uma moça marroquina, prima de um amigo, curiosa para saber a origem do meu nome. Foi gentil, formal, breve. Está no Brasil por dez dias, na casa desse primo distante. Ele fez estágio comigo, meu primeiro estágio na emissora.

Respondi para a moça que o meu nome, Eilenora, é herdado da avó de minha avó, uma mulher que saiu de uma ilha chuvosa para uma cidade medieval na Espanha e depois de Salamanca para o Brasil, fugindo de uma vida infeliz, assim eu soube. Morreu ainda jovem, para os padrões de nossa época, e deixou a lembrança de uma irlandesa vaga e um pouco incompreensível.

Declaração de direitos. Só quero laços que sejam espontaneamente meus. Como os laços que estou redescobrindo lendo os arquivos da minha mãe. Meu primo deu uma faxina numa casa velha que minha tia tem em Penedo, quase um barraco, segundo ele, e encontrou os disquetes num roupão atoalhado perdido no armário.

Meus cinco primos são engraçados, se mostram mais nas redes de relacionamento do que ao vivo e a cores. Mas esse, o mais velho, por acaso, é o que não tem Facebook e se encarrega de manter as coisas em família.

Eu, ao contrário, só atualizo meu perfil quando uma colega de trabalho me cutuca. Por e-mail. Não tenho paciência para ficar conferindo a vida dos outros enquanto histórias e histórias esperam, em cima da minha mesa, um *storyboard*, um segundo tratamento, um projeto vago de contar minha vida com você.

Não sei como minha tia não se magoa com a distância que os filhos mantêm dela. Contam mais da vida na Internet do que no almoço em que aparecem de três em três meses. É provável que ela não se magoe porque incorpora a *persona* de mulher bem-resolvida da sua época, que não registra mesquinharias dos filhos, amigos, colegas porque entende que as pessoas têm o direito de serem o que são.

Eu não entendo. Mas sou capaz de afrouxar laços como venho fazendo com eles. Desde que aprendi com você a evitar sofrimentos pequenos, como desaprovação por meus atrasos nos almoços de família, a desaprovação por minhas atitudes desafiadoras de órfã carente.

Hoje, estou concentrada em sofrimentos gigantescos do tipo não poder estar com você, não ter você ao meu lado traduzindo para mim as sutilezas da língua dos que vivem na nossa época. Você não está aqui redimensionando o mundo para mim e eu não posso abrir novas janelas na sua existência. Isso me faz sofrer. A falta de laços com eles não.

Não posso mais estar perto de você porque não consigo relembrar um momento bom do nosso caminho, sem lembrar, ao mesmo tempo, de alguma frase sua na direção do "em nenhum horizonte me imagino com você".

Pela primeira vez na minha vida, desisto de me expor ao sofrimento previsível. Devo a você, meu amor implacável e solitário, ter aprendido a não desafiar mais os demônios alheios.

Uma vez — a primeira em que você me deixou na estrada fria, para atender às demandas de um dos seus iguais — você me disse emocionado que nós nunca íamos nos perder porque eu não permitiria. Isso foi dito quando eu voltei para buscar seu calor, desavisada de que aquilo era uma declaração de perigo porque de falta de prioridade. A minha inocência, que alguns talvez classificassem como burrice, foi não ficar zangada. Porque se você precisasse de mim, como precisa de seus iguais, não me obrigaria, pelo silêncio, pela distância, pelo abandono, a buscar por você sempre.

Agora decidi: não busco você, nem a ninguém, muito menos em redes escondidas na nuvem, onde qualquer um pode saber da vida de todo mundo.

O que minha mãe escreveu me deixou mais forte. As palavras dela me tiram o direito de ser tão sequiosa de aprovação.

Os laços, por mais que os evitemos, acabam nos enredando. Será que, se depender de você, nossos laços se estreitam de novo?

Setembro de 1998

As decisões mais difíceis da minha vida, as maiores guinadas, fiz antes de completar 20 anos. Eu era uma adolescente capaz de procurar emprego na cantina do colégio só para ter meu próprio dinheiro, capaz de lançar mão de truques para viajar e conseguir hospedagem grátis, quando a família se tornava insuportável, capaz de apagar uma agenda inteira só para trocar a rede de amigos.

Possuía uma coragem meio suicida quando meu lado "menina dos fósforos", meu lado "sereiazinha" estava sendo pisoteado. Era sinal de que meu lado moleca valente estava sendo subestimado. Aí eu me soltava no abismo, rompia padrões e alçava voo. Nem sempre para os melhores lugares, mas o frescor nas asas compensava tudo.

Depois dos 20, em alguns momentos, assumi compromissos presa a combinados, afetos, contratos. Eu pensava que escolhia caminhos, quando, de verdade, me submetia a esquemas. Foi assim que me casei, me descasei, tive uma ou outra paixonite.

Só minha filha foi escolha, a maioria dos outros eventos importantes foi circunstancial. Minha filha que me abraçava, até outro dia, como se ainda fosse uma menininha de três anos. Inocente, forte, protegida. Eu pertencia a ela.

Aos 40 anos, descubro, a duras penas, que posso contar comigo, com as pessoas poderei contar ou não. Família, colegas, amigos. Não pertenço a mais ninguém. Constatar isso me derruba. Aprender a viver com isso é pior. Porque quando eu partilhava alguma coisa, especialmente dificuldades com alguém, muitas vezes ouvia que estas eram decorrentes da minha incapacidade de escolher minhas companhias, meus amores. Ou da minha incapacidade de ter as atitudes convenientes.

Esses amigos não percebiam que se eu escolhesse melhor minhas companhias não estaria do lado deles, pessoas imperfeitas, capazes de ajudar a construir coisas, mas com a tendência de pontificar sobre as minhas dores, como se para evitá-las fosse necessária apenas a minha vontade.

Nos próximos dias vou formalizar decisões que implicam renunciar a pessoas, apoio, aprovação, lugares.

Vou renunciar para me fortalecer longe da reprovação das pessoas que me cercam. Sei que vou conseguir romper com padrões porque conto com minha capacidade de tecer redes.

Dentro de mim. E para lançar redes ao meu redor. Quem reconheceu isso em mim pela primeira vez? Meu querido, meu amor.

Abrir mão de um emprego medíocre, ou melhor, conseguir não lutar mais por um emprego medíocre, não me esforçar para ser agradável com pessoas desagradáveis, evitar contato com quem vai me aborrecer, a menos que seja absolutamente necessário... Esses passos são difíceis para mim porque significam a solidão deliberada e eu gosto de companhia, gosto de redes.

Tecer redes não é muita coisa, mas é um antídoto contra o desamor. O amor traz força, riso, alegria. Isso é o que eu quero, é o que me mantém intensa. O amor é o que me mantém capaz de guinadas, capaz de me atirar sem rede de proteção. O amor me faz resistir ao conforto de abrir mão do passado, me permite caminhar para o futuro com inocência e praticar o presente às cegas.

SEPARAÇÕES

HOJE, ENVIEI UMA MENSAGEM para o seu e-mail. Duas frases. Estou dormindo sozinha e amo você.

Levei dois dias pensando numa maneira de escrever isso que não implicasse queixa, racionalização, reivindicação de resposta.

Não estou dando satisfações da minha vida. Não estou pedindo que você volte para mim. Estou apenas deixando claro, antes de abandonar o assunto, qual é o contexto, qual é o momento em que estou vivendo.

Achei que conseguiria deixar você de lado e partir imediatamente para outro homem. Mas me deu preguiça. Por um lado. Por outro, não consigo fingir de maneira convincente. Ainda. Mas estou sem ansiedade. Quando estiver pronta para não dizer o seu nome na cama com outro, eu vou.

Apesar de que talvez isso seja bobagem. Se for para cama com um desconhecido com quem não me importe, que diferença isso fará?

Não sei o que está me dando coragem de anunciar este início de separação. Uma mensagem dessas, nesse tom, é um aviso, um sinal de fumaça. Não responder é... o que é mesmo a ausência de resposta da sua parte? Não tenho a menor ideia.

A irmã da minha mãe acabou de se separar. Do meu tio preferido. Lembro deles, na minha infância, na minha adolescência, como um casal bem-humorado, um cedendo ao outro no que era possível, os dois respeitando bem os limites de cada um.

Meu ex-namorado, não era ex ainda, na época, me contou, uma vez, que tinha encontrado meu tio num restaurante com uma amiga. Entre aspas, o tom dele foi de amiga entre aspas. Eu fiquei zangada, como ele podia falar assim de um homem que nunca tinha lhe feito nada, como podia tomar conta da vida de outro homem e, ainda mais, me contar?

Mas talvez a amiga merecesse aspas porque meu tio saiu de casa e foi viver com outra mulher. Aos 60 anos.

Por mais chateada que eu esteja, por mais que disfarce perto da minha tia, não posso deixar de admirar a coragem. Porque a atitude dele significa perder todos os amigos que conviviam com a pessoa jurídica, com o casal. Os amigos tomam partido, em geral, tomam partido de quem fica mais infeliz.

No Brasil do século XXI, no Rio de Janeiro do século XXI, onde eles vivem, os amigos do casal se acham na obrigação de ficar do lado da mulher.

O politicamente correto é um problema. Porque, a pretexto de proteger os diferentes, esquece que existem seres mestiços sendo discriminados. Meu tio virou um ser mestiço, atrevido e errado.

No lugar dela, eu estaria contente de ficar solteira de novo. Mas quem vai dizer isso para uma mulher atormentada, preterida? Eu não vou.

Uma coisa fica clara para mim. Se um homem de 60 anos pode ter coragem de reconstruir a vida, quem sou eu para viver à espera de respostas de um grande amor?

Estrangeira

Hoje, me vesti inteira para frio europeu, saia recolhida do fundo do armário, a saia que usei com você no hotelzinho da transa na escada de pedra, você saqueando meu corpo. Coloquei um casaco grosso que não entrava em mim há dois anos, de gorda que eu estava, e enfrentei o frio com sanduíche de provolone e chocolate quente.

Na volta, uma amiga me ligou, é uma amiga legal, mas só entende a lógica dela, para falar sobre um projeto que eu queria que fizéssemos juntas, mas não quero mais.

Porque ela quer fazer tudo do jeito dela, comecei a ficar irritada, com medo de perder o sono, consegui sair da conversa e ainda deixá-la com o prazer de desligar o telefone, dar a última palavra.

Quando essas coisas acontecem, a saudade de você volta com tudo. Porque conversar com você é bom, você entende, mesmo quando falo sem dominar a sintaxe da sua tribo.

Você existe mesmo ou é uma criação da minha mente? Abro minha agenda do início do nosso namoro e está lá o registro do nosso primeiro beijo, da nossa primeira transa.

Na segunda agenda está a vez em que fui ao seu trabalho e tomei de você os cartões que te mandei da Espanha, porque você ficou de me buscar no aeroporto, não foi e não deu satisfações.

Na terceira, estão as anotações a respeito do psiquiatra que me receitou antidepressivos porque eu estava me sentindo esfaqueada numa esquina escura, sangrando no chão, luz de lanterna na mão de quem me dava socorro, cena século XIX, talvez. Porque você tinha me contado da mulher por quem me deixou.

O que você deu para ela? A mim deu intervalos, intervalos insanos. Acho que foi isso que me prendeu. A qualidade das ilhas nas quais vivíamos e a implacabilidade dos seus sumiços. Os sumiços me enlouqueciam de dúvida se tudo aquilo havia sido de verdade ou não.

Fico tentada a colocar esta oscilação numa sinopse, criar um personagem, digamos medieval, com suas características, mas ainda não sei inventar coisas sobre você. Você não é tarja preta para servir de consolo, você é alucinógeno quando está a fim e depressivo quando está no seu juízo de juiz.

Engordei com a sua falta, estou emagrecendo na sua ausência. Essa é qual? A 25ª? Eu preciso parar e pensar: a qual ausência sua me refiro quando me entristeço ou me irrito com as lembranças.

O que seria das lembranças sem minhas agendas? Escuto "Hortelã", do Fino Coletivo e me pergunto como é possível seguir a vida presa nas suas ilhas. Mas eu sigo. É verdade que sigo quase sem frequentar Facebook, Orkut, redes sociais. E sem adicionar você como amigo. Para não correr o risco de ser testemunha das suas ambiguidades. Além do mais, eu nunca vou ser sua amiga. Pode perder a esperança.

Não consigo também fingir, nem fabricar matizes de sentimentos, atuar. Limitação minha. Só posso sair catando flagrantes da vida alheia e recordações da minha para me convencer que existe, em algum outro lugar, a nossa história.

Antes de você, era mais fácil inventar sentimentos, discorrer sobre emoções. Gosto dessa palavra. Discorrer.

Todo mundo que conheço discorre sobre emoções. Semana passada, fui numa performance e ouvi uma pessoa discorrendo sobre as tribos que permanecem quase isoladas, na pureza da ligação com a terra. Depois fui num bar novo, com drinques também performáticos e me embebedei com cerveja enquanto recém-conhecidos discorriam sobre como vão criar os filhos, se um dia tiverem filhos.

Eu me peguei pensando em ter um filho com você, um filho que nascesse com seu corpo longilíneo. Pensava no seu corpo longilíneo quando um cara baixinho e simpático me deu mole. Será que se eu tirar a roupa para ele, vai ser tão bom quanto foi na noite em que nos conhecemos?

Duas vezes, no frio dos seus desaparecimentos, saí com um cara alto, muito branco e confiante — apresentado pela amiga que só entende a própria lógica. Eu telefonava para ele quando saía do trabalho, muitas horas vendo e revendo cenas de ficção ou de realidade para produzir uma miserável vinheta, boa o suficiente para ser aprovada. Ligava quando precisava de bebida ou sexo que me acalmasse do cansaço mental.

Ele vinha, me pegava no trabalho, me pagava uma cerveja, me comia, me levava em casa. Sem expectativas, ele gostava de dizer.

Não sei qual é minha expectativa em relação aos arquivos de minha mãe, então estou evitando lê-los, como evito ligar para você, me comunicar com você, por e-mail, sms, o que quer que seja.

Você tem expectativas em relação a mim? Ou expectativa é coisa de estrangeira que não domina uma cultura de invernos escuros, a que existe dentro de você?

Outubro de 1998

Ele foi a Penedo atrás de mim e me convenceu que amada é a mulher que desperta no homem admiração pelo seu jeito de ver o mundo, sua maneira de lidar com o destino, sem transformar admiração em pedestal.

Amada é a mulher a quem o homem dá o que ela deseja, aquilo de que ela precisa, beijos, colo, limites. De preferência justos.

Amada é a mulher por quem o homem chora, tem insônia de ciúmes, protege da hostilidade alheia e, se possível, da própria.

Amada é a mulher segura de mostrar segredos e fraquezas porque confia que ele não transformará palavras e ações em argumentos contra o amor dela.

Amada é a mulher que tem a carne mordida pelo homem e não se importa onde ficam as marcas, é a mulher que o homem sorve e por quem se deixa tomar, até só existir a euforia de estarem juntos.

Amada é a mulher a quem o homem não permite abuso de poder e de quem exige desculpas, nas melhores das vezes, nua.

Amada é a mulher para qual o homem, quando é injusto, desprezível, desatento, pede desculpas e faz concessões para não perdê-la.

Amada é a mulher para quem o homem constrói sonhos e a quem preserva dos seus demônios e dos dela.

Amada é a mulher que luta com o homem a favor de sonhos e contra os seus demônios e os dele.

Amada é a mulher que recebe do homem a mesma generosidade com que o trata.

Amada é aquela que faz do homem um amoroso melhor em retribuição a ele ter feito dela uma mulher. Amada.

Amada é a mulher que o homem guarda para si, quaisquer que sejam as circunstâncias, é a mulher que o homem não divide com outro, não expõe à disputa com outro, é a mulher que anda pelo mundo iluminada pelas insígnias do homem. Amado.

Assimetria

Eu já me senti uma mulher amada por você. De forma assimétrica, é verdade, porque seus silêncios cortavam de tal forma a conexão entre nós que eu precisava mobilizar, dentro de mim, a criança confiante no amor total.

Uma criança confiante de, digamos, três anos de idade. É bom ser uma criança de três anos. Como minha mãe me definiu. Eu era assim antes de me tornar uma chata autossuficiente com ela. Com você, fui criança até outro dia. Porque uma criança de três anos sorri para quem confia, pede o que deseja, chora quando se machuca, se enraivece quando é contrariada, exibe pequenas conquistas, conta histórias, expressa dúvidas.

Uma criança de três anos acredita que suas histórias, as coisas novas que aprende, são atraentes para quem ela ama, gosta, aprecia.

Aos três anos a gente acredita que essas pessoas também amam, gostam e apreciam a gente.

Uma criança de três anos sabe que relações assimétricas são inevitáveis porque precisa das pessoas maiores, mais fortes, mais capazes, menos inocentes.

E confia que as pessoas maiores, mais fortes, mais capazes, menos inocentes vão prover, proteger, cuidar, amar.

Quando alguém encontra outro alguém que ainda mantém uma criança de três anos dentro de si deve se perguntar se é capaz de amar e desejar quem é assim.

Você é capaz de amar uma mulher que sobrevive com uma criança de três anos dentro dela?

Porque "*resistir ao conforto de abrir mão do passado me permite caminhar para o futuro com inocência e praticar o presente às cegas*". Minha mãe pensava assim, escreveu isso. Ela não acharia ruim eu manter minha criança de três anos dentro de mim.

É mais atraente o abraço quando se pode caminhar às cegas na direção de alguém.

Novembro de 1998

Ele teve uma recaída comigo. Como se eu fosse uma doença grave e cíclica. Como se fosse uma droga à qual ele recorresse quando não aguentasse mais a abstinência e da qual se arrependesse depois porque sabe que vai sofrer para voltar para o estado puro.

É verdade que fiquei feliz de ser a droga, de ele admitir que é isso o que acontece, quando toma uns drinques e é obrigado a voltar para mim, porque, sem o controle da sobriedade, eu sou irresistível. Para ele.

Mas dois dias depois de nossa noite esfuziante, eu cruzei seu caminho, de dia, vestida, num corredor dessa empresa chata onde vim trabalhar para ficar perto dele que, vestido, agiu, perante a opinião pública dos seus colegas e amigos, como se eu fosse... alguém a quem precisa evitar a todo custo.

Eu adoraria escrever que não agi, na definição de uma amiga minha, como uma mulher sem uma gota de amor-próprio. Mas foi exatamente isso o que eu fiz. Demonstrei que estava arrasada.

Minha amiga jamais faria por um homem as maluquices que eu faço por ele. Mas também ela ainda não teve a oportunidade de ser tão amada quanto eu tenho sido.

Ela argumentaria que um homem que me amasse me daria permanência, respeito, companhia, filhos. Eu já tenho estrutura permanente, respeito e filha. Por minha própria conta.

Gostaria que nós tivéssemos nos encontrado num tempo em que pudéssemos construir essas coisas juntos, mas, já que isso não aconteceu, porque não posso me orgulhar de ter conseguido por mim mesma as coisas que ele não me dá, não me deu?

Não é só sexo, apesar de ser intenso e terno, selvagem e doce, inventivo e simples nas nossas muitas horas de cama. Não. É a entrega que conta. Minha amiga mantém o amor-próprio intacto porque ela não se entrega. Bom para ela.

Um dia, sei que vou conseguir não me entregar mais para esse amor sem medir consequências. Vou sofrer menos. Vou amar menos. Vai ser triste quando isso acontecer.

Dezembro de 1998

Estou conseguindo emagrecer. 600 gramas talvez. Muita bicicleta no Aterro do Flamengo. Até completar 40 miseráveis minutos. Nos primeiros é insuportável o esforço, se eu não estiver escutando músicas muito animadas e conhecidas, impossível. No final, estou tão feliz de me ver livre do esforço que me sinto bem.

Tirei o sal da comida, tempero com salsa. Parei de comer carne vermelha. Só comi uma vez em 15 dias. Vou avançando aos pouquinhos, como a fábula da lebre e da tartaruga. Estou me aproximando, como uma tartaruguinha, da minha meta. 600 gramas me deixam contente. Três quilos fariam de mim uma mulher realizada.

Não emagreço porque acho bonito ser magra. Emagreço porque sou gulosa e detesto a ideia de mais uma privação, a de sofrer culpa a cada vez que bebo ou como algo que gosto.

Não me incomoda também escorregar no erro da incoerência como essa noite em que sentei e devorei meio pacote de biscoito doce com chocolate quente. Sei o que estou compensando, sei que amanhã vou queimar a leviandade na tortura do exercício. Disciplinada como sou. Negociando com o prazer, meta bem--definida, tolerância com meus erros, vou avançando.

Avanço também no exercício do silêncio. Não toco no nome dele com ninguém, dou corda a ex e futuros namorados, não o busco mais com pretextos variados, não disputo com os sentimentos que o mantêm afastado de mim. Meu erro foi ter lutado por nosso amor com unhas e dentes e hoje acerto não o buscando mais? Ou estou errada agora quando me permito pensar que existe alguém capaz de substituir esse homem que dividiu minha vida em duas?

Janeiro de 1999

Com quem me vi, me comparei, é assim que entendo o ditado. Durante muitos anos tive um fraco por desprotegidos, derrotados, deformados, vítimas de todos os matizes. E eles por mim. Não sou a única, claro, fazemos o culto aos perdedores, aos coitadinhos, numa atitude, aparentemente, generosa, mas com um fundo, talvez, de subestimação.

Quando eu conseguia um emprego melhorzinho, tratava logo de levar junto comigo alguém em situação ainda pior. Quando descobria alguma coisa interessante, partilhava, oferecia, não raro impunha à turma minhas novidades, como outras pessoas impõem o uso de drogas para seus acompanhantes. "Bebe, bebe, fuma, usa, você vai se sentir melhor." Eu apregoava o progresso pessoal. Isso depois dos vinte anos, quando me converti ao altruísmo. Antes era uma egoísta total. Devia ter continuado assim.

Existiam algumas pessoas a quem eu admirava, a quem era completamente leal. Existiam os derrotados que, em geral, eram completamente desleais a mim. Os meus mentores aceitavam graciosamente minha dedicação e retribuíam com ajuda desinteressada. Eram tão generosos que faziam questão de não esperar nada em troca. Diziam isso. Eu não conseguia seguir o bom exemplo.

Os meus liderados não cumpriam combinados e, quando eu cobrava, das formas mais inadequadas possíveis, me acusavam de severidade. Era severa por não entender atrasos, fracassos, pequenos, médios e grandes desvios, eu humilhava quando dizia com todas as letras do prejuízo que me causavam ou causavam aos outros. Eu já produzia nessa época, aos vinte e dois, vinte e três anos. Cada empreitada altruísta que vinha abaixo me obrigava a começar do zero. Um inferno.

Impressionante como eu me mantinha nesse círculo. Até meu amor perguntar, nós dois tomando chuva na estrada voltando para cama em Penedo: por que manter combinados com quem não cumpre?

Ele não estava me criticando, era só uma observação que eu podia seguir ou não, mas o que lhe espantava era como eu sentia atração por pessoas que não sentiam atração por mim. Nem tocou na possibilidade de que eles só sentissem atração em condições aviltantes. Porque não fazia parte de suas atitudes interpretar minhas atitudes ou dar nota ao que eu fazia. Por isso, esse amor permanece além das lembranças dos beijos, da pele, do corpo. Porque foi a única pessoa que nunca usou a desaprovação como arma contra mim.

O problema, hoje, é que ele me ensinou a não gostar mais de derrotados e, por causa disso, por causa do meu modo recente de concentração em mim mesma, conheci um homem que me deseja como a um prêmio. Um homem que deixa claro o que sente por mim, o que quer de mim e, com isso, me deixa espaço para dizer o que sinto e quero.

Quando ele me ensinou a ser crítica em relação a derrotados, aprendi que eu também era uma derrotada. Pondo defeitos em mim mesma, sempre pedindo, esperando coisas das pessoas. Especialmente depois dos 20 anos, depois do meu casamento sensato, cúmplice.

Meu amor me achava o máximo, a partir dele passei a preferir ser querida e admirada.

O problema, hoje, é que não sei mais se ele me quer e me admira.

Canto

Eu queria muito arrumar um homem que me fizesse esquecer você. Arrumar um homem por quem eu me apaixonasse, assim como se arruma um vestido novo, um xarope para tosse, um analgésico para dor de coluna.

Estou na madrugada desenhando minhas situações, meus personagens, minhas próprias histórias. Não as dos outros, como faço o dia inteiro, no trabalho.

Tentei fazer isso ouvindo música, no headphone, mas isso diminui muito minha concentração. Porque começo a desenhar, na minha cabeça, situações que têm a ver com as músicas e não com os personagens. Volto para nós e isso é ruim. Porque você não nos quer, então eu também não quero.

Muitas vezes, você se afastou de mim e quando voltava, voltava por acidente, voltava porque não conseguia passar sem meu corpo ou sem minha companhia. Voltava sem dizer isso, deixando implícito, quando palavras são importantes. Eu achava uma maldade o que você fazia com os nossos sentimentos, não só contra mim, contra nós, ficava brava, mas ia relevando.

Mas chegou um momento em que ficou claro qual a maldade que consigo entender e quais não consigo. Consigo entender você se afastar porque quero muito mais do que está a fim de me dar. Quero coisas que você considera absurdas do tipo poder chamar para o cinema, tomar café da manhã no Bicyclette, viajar para a Turquia nas férias. Você não me querer perto a esse ponto doía, mas eu conseguia entender.

Agora, nunca consegui entender você deixar atitudes de pessoas como a namorada do Rodrigo, aquela anoréxica metida a elegante, se contorcendo de prazer com o nosso desentendimento. Foi o que aconteceu no dia em que você me deixou plantada esperando, por 45 minutos, que vocês terminassem uma reunião, e ainda me tratou como a um homem a quem acabou de ser apresentado. É incompreensível para mim você ter ficado zangado de eu ficar furiosa ou ter me deixado praticamente falando sozinha. Foi essa sequência que levou a namorada dele à beira de um orgasmo. Porque algumas mulheres não brigam, não estapeiam homens incoerentes como você. Elas conseguem essa proeza e se divertem quando mulheres como eu perdem a cabeça.

Quando eu estava no pré-vestibular, uma professora fez a gente ler o conto "A causa secreta". É este o tipo de maldade, o da sua amiga. Maldade de gostar do som de ossos quebrando, carne queimando, gostar de ver gente de joelhos, gente se retorcendo de humilhação, prazer de assistir, de longe ou de perto, gente doente de tristeza. Como eu fiquei.

O bom de desenhar na madrugada, passar horas e horas concentrada em definir uma sequência que tenha lógica, que conte uma história, é, no final, ficar claro dentro de mim o que eu quero, o que sinto.

Já senti tanta admiração por você! Por sua competência profissional quando vi como você reconstruía portais, comandando equipes, refazendo caminhos, pondo sonhos de pé. Pela capacidade de comunicar coisas numa palestra sobre assuntos áridos de tecnologia. Por sua trajetória familiar completamente diferente da minha, a sua coragem de sair de casa e cuidar da própria vida, sem ficar resmungando na barra da saia da mãe.

Mas não dá para manter a admiração quando você me deixa ansiosa e tensa porque sou incapaz de agir da mesma forma. Custei para entender isso. Porque é comum, no lugar de onde você veio, sair de casa e passar dez anos sem ver os pais. Ou morar perto, mas só aparecer em casa uma vez por ano. Mas aqui não é assim e essa diferença talvez forme pessoas como eu. Acostumada a fazer coisas junto, acostumada a ficar perto de gente que ama. O que tinha de mais, eu precisar de você? Acabei ficando triste e tensa porque não conseguia ser autossuficiente e fazer de conta que era igual a você. Não sou.

Eu não vou me acabar de tristeza por sua causa ou por causa de amigas com quem você não vai para cama. Aliás, não quero saber nem de suas amigas, nem de tristeza. Só quero você. Com hora para chegar e sem hora para sair.

Fevereiro de 1999

Sou uma ansiosa crônica e isso me coloca em desvantagem em relacionamentos que envolvem emoções. Nunca consegui esperar que as pessoas viessem em minha direção. Devo dizer que, em diversas ocasiões, perdi a oportunidade de saber se algumas estariam comigo, sem que as procurasse. Porque eu fazia o movimento inicial.

Muitas vezes, pessoas disseram coisas que me magoaram muito sem que eu desistisse delas. Em algumas ocasiões, fiquei em situações ruins porque procurava pessoas que tinham me abandonado e essas pessoas consideravam o meu retorno, o meu perdão, como permissão para me maltratar de novo porque tinham me evitado e, mesmo assim, eu voltara sobre as minhas pegadas.

Quase o tempo todo tive medo de dizer não para as pessoas a quem amo, gosto, aprecio. Com medo de que elas não gostassem mais de mim se eu negasse apoio, concordância, companhia, perdão. Em decorrência disso, fico zangada quando as pessoas muito próximas me dizem não.

Ao mesmo tempo, tenho confiança no amor que sou capaz de dar. O amor que dou para minha filha, independente do quanto estejamos magoando uma à outra. Um dia, isso vai passar. Eu vou conseguir não me repetir na carência e nas reclamações. Ela diz isso e tem razão. Eu reclamo 20 vezes da mesma coisa. Isso é chato. Eu telefono 20 vezes para perguntar a mesma coisa, ou para convidar minha filha para alguma coisa. Não é sensato, não funciona.

Escrevo isso e não me envergonho. Por que teria vergonha de errar por precisar das pessoas? Por que me envergonharia de não saber sempre o caminho mais sensato e menos doloroso?

A soma do que aprendi não resultou em autossuficiência e bom senso. Porque eu teria vergonha a esse respeito?

Tenho tentado - com a segurança que adquiri nas milhares de declarações de amor incoerentes que recebi dele - evitar a armadilha de me arrepender por minhas bobagens. Como a bobagem de acreditar que, um dia, vou, finalmente, conseguir ser apenas uma amiga.

Mas agora estou morta de medo. Porque disse não. Para o homem que me fez.

Segredos

Descobrir que sou filha do marido e não do amado me abalou.

Está tudo nos arquivos que minha mãe escreveu para um homem. 27 diários. 14 arquivos de texto. Centenas de mensagens. Guardou tudo. Mensagens choronas, mensagens sensuais, diários desesperados, diários raivosos, diários apaixonados.

Parece que ela perdeu um ano de mensagens enviadas por ele que nunca se preocupou em reenviar, apesar de ter dito uma vez, provavelmente na cama, que tinha todas as mensagens dela escondidas no computador.

A relação deles foi uma gangorra emocional, ela, em geral, na parte de baixo, ou pode ser apenas porque eu só tenho a versão dela. Poucas mensagens dele estão arquivadas, mas, quando escrevia, eram frases curtas, apaixonadas, alegres.

Meu pai foi apenas um bom marido, enquanto eles viveram juntos, uma pessoa com quem ela compartilhava ideias. Mas eles se separaram logo e, quando ela morreu, estava bem zangada com a corda que meu pai dava para os meus comportamentos desrespeitosos. Ela conta isso nos diários que levou para Penedo e que ficariam lá para sempre, enterrados, num roupão velho, de banho, se meu primo não os tivesse encontrado.

Encontrei também arquivos sobre outras pessoas, sobre amigos, parentes, desafetos. Ela critica muito, não escreveu diretamente para alguém, apesar de que fiquei com a impressão de que tudo foi escrito para ele. O homem era uma influência forte, em cada linha do que minha mãe escreveu.

Senti ciúmes dele e me sinto envergonhada diante dessa mãe desconhecida. Eu quase não me lembrava dela, nessa obsessão que vivo de lembrar de você. Foi um choque encontrar, 11 anos depois de sua morte, essa mulher apaixonada por um amor tardio e atormentado. Quer dizer, mães não vivem amores atormentados, pelo menos, a maioria das mães parece não viver, ou se vivem não os registram.

Minha mãe morreu num acidente, voltando de Penedo para o Rio. Não sei se eles estiveram nessa casa juntos. É provável que tenham estado. Não sei o que ela planejava quando o acidente aconteceu. Nem como ele se sentiu quando soube ou a maneira como soube. Não sei o nome dele, nem do outro. Porque tem mais essa. A partir de certo ponto, existia outro na jogada.

Falei para minha tia. Perguntei diretamente o que sabia sobre a vida amorosa da minha mãe, antes de ela morrer. Ela suspirou e perguntou de volta se isso tudo era por causa dos disquetes. Eu respondi que sim e ela disse que quem vive de passado é museu, o típico lugar-comum, dos muitos que se usa na família e em geral me irritam. Até outro dia me intimidaria o tom leve e definitivo da minha tia. Hoje não. O que eu tenho a perder? A aprovação dela? Insisti, tentando ser suave, dizendo que eu adoro boas histórias. Ela retrucou que ninguém vive de histórias.

Não sei qual o problema da minha tia com minhas escolhas profissionais. Não sou filha dela, nada me obriga a ser engenheira, operadora de mercado financeiro, funcionária pública como meus primos. Se quero arriscar meu futuro fazendo vídeos, quadrinhos, filme pornô, por que ela precisa fazer com que eu me sinta alguém errado?

Ela fazia isso com minha mãe? Essa desaprovação sutil, acachapante? Aprendi essa palavra com um vizinho português, uns 15 anos mais velho, que faz pós-graduação no Brasil e esteve na emissora buscando material de pesquisa. Ando tão carente de saudades de você, insegura, ainda sem saber direito qual história vou contar no meu *graphic novel,* chocada com as críticas a mim, nos textos de minha mãe, ando tão carente que quase, quase, fiz umas gracinhas para o português.

Minha amiga Sarracena foi dispensada por um namorado e usou o método de passar dois meses na Europa, dando para caras em três línguas para esquecer o moleque. Mas ela tinha 22 anos, sete menos do que tenho agora. Aliás, essa foi uma das coisas que minha tia disse, para arrematar a conversa: você tem 30 anos, Eleonora, devia cuidar de casar, ter filhos, o tempo está passando.

"Meu nome é Eilenora, tia." Respondi e desliguei. Ela não vai me ajudar.

Não sei nada sobre minha mãe, como mulher e como pessoa. Não seria diferente, penso, se ela estivesse viva. Mães não partilham amores malucos com filhas.

DEVORADA

A MAIORIA DOS SEUS AMIGOS não gosta de mim. Usam meus defeitos como pretexto, dão um jeito de mostrar o quanto sou inadequada, agem de forma hostil disfarçadamente para que eu, bobinha, bobinha, reaja e comprove, na prática, que estão certos e que eu não sirvo mesmo para você.

Nas primeiras vezes que isso aconteceu fiquei mortificada comigo mesma, sem entender onde tinha errado. Na repetição, fiquei com raiva de você. Depois, desprezei a eles. Sabe o que mais me irrita? Essa história de que se nos colocamos em desvantagem as pessoas nos pisam. Pisam porque elas não valem nada.

No final, concluí que é impossível não despertar oposição quando alguém se dispõe a ser devorada por um amor como me dispus a ser consumida por você. Eu me colocava ao seu lado em adoração, oh, mulher desprezível, mas, ao mesmo tempo, criava alternativas que demonstravam que eu era independente de você e deles. Como eles não me compreendiam, não me toleravam.

Eu pensava nisso, quando, ao descer para um lanche, escutei a conversa de uma jovem e um rapaz na lanchonete da emissora. Possíveis figurantes.

Eram um casal, não sei a oficialidade do vínculo, mas estavam juntos, a tensão sexual era óbvia, quase excitante.

Ainda mais para mim, na secura da minha pele, da ausência dos seus beijos, da falta do risco de suas unhas. A conversa estava no meio e ela dizia:

— Não devia ter feito isso, exigi que minha irmã estudasse quando ela queria começar a trabalhar e se ver livre daquela vida de humilhação.

— Irmãos mais velhos fazem essas coisas, acham que sabem o que é melhor para os mais novos. A diferença entre vocês era muito pequena.

— Não, eu fiz porque achava que devia protegê-la, mas fiz também porque tinha inveja por ela ser uma garota simpática e doce e não dura e brigona como eu.

— Você é doce, eu garanto, se precisar do meu testemunho...

Ele tentava levar na brincadeira a confidência barra-pesada, o rapaz me lembrou você pedindo que eu sorrisse e não levasse a vida tão a sério. Voltei a prestar a atenção na conversa alheia, chega de choramingar por dentro, pensando em nós. Melhor a vida dos outros, em geral, personagens desconhecidos rendem boas histórias.

— Seu irmão não acha isso. Ele acha que eu sou uma bruxa que vou destruir tudo o que você conseguiu depois que deixou a cocaína.

Sexo, drogas, intrigas familiares. Vou colocar numa sequência isso, me vingo de seus amigos, através do irmão desse candidato a figurante. Será que é mesmo?

— Ele está enganado. Por você eu cortei meu cabelo de ex-doidão, por você parei de me drogar, por você eu brochei com duas mulheres em uma semana, isso não prova o meu amor?

— Você foi pra cama com duas mulheres em uma semana e ainda diz que me ama?

Ela tem toda razão, vocês homens não se enxergam. O irmão dele é como os seus amigos e ele é como você. Vai para a cama com outra mulher e conta.

— Escuta o que eu estou dizendo. A informação importante é que eu broxei, não é eu ter ido para a cama com elas, eu fui porque estava com raiva de você, achando que você tinha sumido.

É por isso que eu sou hétero. Quando uma mulher teria a desfaçatez de esperar compreensão para esse tipo de racionalidade? Nunca. Não é engraçado o cinismo?

— A informação importante e que eu não sei amar as pessoas, não sei manter as pessoas, não soube manter minha irmã, não vou saber manter você.

Ela é louca, essa menina.

— Prometo que se nós, um dia, pararmos de funcionar, a culpa vai ser minha.

Ele tem senso de humor, como você, como você. Vou procurar uma mandinga que afaste essa obsessão. Está vendo como é difícil seguir adiante; até um desconhecido no qual eu esbarro, um rapaz qualquer, conversando com uma namorada maluca, me traz de volta a sua tolerância de egoísta que só faz o que cisma.

Mas a moça não aceita o colo, quer ser devorada pela culpa, enquanto eu só queria, agora, estar sendo devorada por você.

— Eu devia ter deixado minha irmã ser lésbica, o que tinha de mais ela ser sustentada por uma mulher que passava máquina zero no cabelo e dirigia van? O que tinha de mais ela não querer estudar? Por minha causa, ela acabou aprendendo a beber e depois foi para as drogas.

Eles levantaram, porque os sanduíches tinham chegado ou porque perceberam meu interesse na conversa ou, simplesmente, queriam procurar um canto para que ele seguisse consolando-a dos remorsos, negando os defeitos autoinfringidos, nunca vou saber o resto da história, que fim levou a irmã, onde eles se conheceram, se foi em algum grupo de autoajuda como os narcóticos anônimos. Ele deve ter continuado escutando, planejando para, ao final, homem esperto, devorar a mulher amada. Ser devorado por ela. Como nós fazíamos.

Menos de 20

Saí para beber com minhas amigas. Algumas das histórias que escutei me fizeram pensar, comparando com as histórias da minha mãe, se alguma mulher que eu conheço passa dos 20 anos, emocionalmente, apesar de todas nós, na mesa, termos 30. Ou mais.

Um psiquiatra disse para o amigo de um amigo que homens, bem-resolvidos, psicanalisados, intelectuais, têm idade emocional de, no máximo, 12 anos. A maioria, segundo ele, se estiver bem, tem nove anos. Não sei quem é o cara, não sei o nome, onde mora, onde clinica, mas acho o conceito maravilhoso. Por isso que acho os homens engraçados.

Mulheres estão todas na faixa dos 20. No máximo 20. Incluindo minha mãe que morreu aos 40, mergulhada num amor juvenil. Sorte dela pelo amor.

Das minhas amigas de 25, 30 anos, uma reencontrou um ex-namorado, saíram, transaram, foi maravilhoso, ele ficou de ligar, não ligou e agora ela está grávida. Contou para o cara, que se recriminou por não ter tomado cuidado, mas questionou se o filho era dele mesmo.

Outra foi dispensada por um homem que a ama, mas escolheu outra mulher. Ela sofre por ser preterida. Sofre porque os amigos insistem na lógica de que quem ama escolhe ficar com a gente, se não fica é porque não ama. Sofre porque se proibiu de procurá-lo. Sofre de imaginá-lo com outra mulher.

Uma terceira amiga tem dois homens na fita. O marido de quem ela tem pena. O namorado de quem ela tem raiva. O primeiro, ela poupa. Do segundo, desconfia. O traído fica quieto, esperando, compreensivo, amigo, carente. O segundo briga porque ela não se decide e acredita que se ela o amasse não estaria nessa situação.

Para mim, a primeira amiga é a única que tem alguma liberdade. Engravidou porque não usou pílula e transou sem camisinha, responsabilidade dividida. Ela tem 35 anos, é a mais velha de nós, claro que o relógio biológico faz muita diferença. Ela pode escolher fazer um aborto, pode escolher ter o filho sozinha, ir à Justiça solicitar um exame de DNA quando o filho nascer. Ignorar o pai. Dar o filho para adoção.

Minha amiga preterida não tem o que fazer. A seu favor, o fato de que não está na sua natureza ser injusta com quem ama, ela entende que ele a ama, mas não a quer. Dói menos? Ao contrário, dói mais. Se fosse comigo, eu pendurava o cara pelos polegares, como dizia minha mãe, coisa que tenho vontade, de vez em quando, de fazer com você.

Minha amiga casada está num beco, onde a única saída — eu acho — virá pela exaustão. Ou ela cansa do martírio de bonzinho do marido e desiste do amante rancoroso ou cansa de estar longe do homem que ama.

A filosofia de botequim ia por esse caminho quando chegou outra amiga nossa e deu opinião taxativa:

— Homem ressentido é a pior coisa do mundo — decretou. — Ele está é competindo com o seu marido, mas no fundo deve estar morto de raiva de você, da mãe, da tia e de todas as mulheres do mundo. É melhor você deixar os dois e arranjar um terceiro.

Essa quarta amiga, a quem chamo de Sarracena, deve saber do que está falando, afinal os maus se reconhecem de longe. Eu disse isso e ela revidou dizendo que homem ressentido não é mau, é malvadinho, nem para mau serve.

A opinião geral, meio zangada, meio bêbada, foi a de que nem todo mundo tem a sorte que ela tem de arranjar um homem legal. Ela concordou, a cínica, e ainda contou que depois de passar três meses ignorando o cara, não respondendo as mensagens, os telefonemas, apareceu na casa dele e ele a perdoou, como sempre.

A Sarracena me irrita um pouco. Porque a generosidade no amor não deve ser subestimada. Nós, as amigas, somos a favor de rifar o príncipe entre as de menos sorte e, quem sabe, dar alguma poção mágica para o infeliz esquecer essa peste. Eu disse isso para ela, brincando, claro, e ela respondeu feroz:

— O príncipe é meu. Se ele é bom, me perdoa as maldades e me come como um rei, sorte minha. Quem sorrir pra ele, eu furo os olhos.

Ela esquece que perdoar também cansa, mas argumenta que entre gravidez, abandono, adultério e infelicidade em geral, pegar no pé dela só pode ser atitude de invejosas ou de vadias.

— Vadias! — Escolhemos, alegres, pedindo outra rodada.

Eu estava alegre e bêbada e convicta de que é muito melhor ser vadia do que ficar abalada, soterrada de saudades. Ainda penso assim, mas a genética não ajuda. Sou passional como a minha mãe.

Abril de 1999

Hoje, acordei cedo e meditei olhando o nascer do sol, de uma das janelas do meu apartamento. De frente para um cartão-postal da minha cidade. Olhando por cima dos telhados, a partir do meu pedacinho de céu.

Um dia, me senti muito triste e sozinha, no emprego onde fiquei, por três anos, estacionada. Como num refúgio e miragem. Refúgio da dor frente ao meu fracasso em manter uma relação harmoniosa com algumas pessoas caras. Miragem porque desde o dia em que um homem me levou para conhecer esse lugar e me apresentou ao amigo que o dirigia, estive hipnotizada. Pelas lembranças dos seus beijos, pela certeza do seu amor.

Muita tristeza passei ali. Porque o homem que eu amava fez de tudo para me convencer que não era, ao final, da minha tribo. Porque o chefe que parecia simpático como um menino fofo, de histórias em quadrinhos, era um torturador de mentes, que só se comportava bem com os seus iguais e com os que tinham mais poder do que ele. Porque ele se comportou bem na apresentação me pareceu uma boa pessoa. Não era. Apenas agradava a quem me indicou para o cargo, um homem atraente o bastante para fascinar mulheres e homens pequenos.

Sem convites, sem amigos, numa companhia em que os subordinados se digladiavam entre si para não serem os próximos esbofeteados pelo maioral, ali fiquei como um pária. Ali, gastei toda a minha reserva de realização até que um dia a rejeição e a solidão foram maiores do que podia suportar. Nesse dia, prometi aos deuses: se meu trabalho for forte o bastante para permitir isso, volto para os meus caminhos e nunca mais me submeto à iniquidade por dinheiro.

Pois bem, era o dia 22 de dezembro. Semanas depois, a comissão que julgava patrocínio de projetos aprovou o meu. Alguns meses mais, o acontecido virou dinheiro e, desde então, tenho cumprido minha promessa.

A alegria voltou? Não, porque passei a confiar menos na força do amor que esse homem dizia sentir por mim. Passei a confiar menos na minha capacidade de distinguir o amor das pessoas. Sou feliz porque sou uma pessoa contente, mas a alegria deixou de ser minha companheira constante.

Na minha vida, alegria foi sempre um tempero importante porque, a cada situação desvantajosa, eu colocava o pé na solução que me parecia a única possível e seguia alegre adiante. E, na maioria das vezes, eram soluções muito duras.

Nada excepcional, nada que se compare às histórias que Dona Mezinha, a vizinha da minha tia-avó, contou para mim sobre a vinda da sua família para o Brasil. Foi ela que me falou da irlandesa que acreditava em deuses apesar de ter criado nove filhos no cristianismo, na moral e nos bons costumes.

Mas se na minha vida faltou perda financeira, abandono, adultério, sobrou falta de coragem para cortar situações pessoais desvantajosas na hora. A maioria das vezes, aceitei atitudes absurdas, terrorismo emocional, chantagem sentimental para não perder amigos, empregos, marido. Para não expor minha filha a perder a vida confortável que ela tem levado até agora.

Quando eu teria coragem de deixar para trás casa, conforto e, o mais difícil, como perder todos os amigos e fazer minha filha perder tudo isso, só porque se tornou insuportável viver do lado de um homem que eu não amava mais? Nunca. Pelo menos nunca antes de conhecer o homem a partir do qual minha vida se dividiu em duas.

A irlandesa da qual descendo renunciou a tudo porque seria impossível viver com um homem depois de ter se impregnado por um sentimento avassalador por outro. Eu passei três anos sendo apequenada pelo vínculo distante com um grande amor.

O meu consolo é que fui capaz de furar o cerco da minha própria covardia e isso me fez forte o bastante para colocar limites para esse homem, para minha filha e para mim mesma.

Recupero a alegria aos poucos, olhando minha cidade pelos telhados, agradecendo a proteção e a sorte que me couberam na vida.

Cega

Um dia, assisti a um filme sobre um cara fora do mundo. Inteligente, porém incapaz de perceber o que as pessoas estão pensando, sentindo, querendo dele.

Identificação imediata. Incapacidade de ler os outros. Necessidade de guia. A você eu ficava perguntando: você está com saudades? Você gosta disso ou daquilo? Isso é bom? A um ex-namorado, muito gostoso, recusei uma proposta quente, quente, quente, com um não estou a fim que o teria afastado para sempre não fosse a atração que ele dizia ter por mim. Nem todo mundo se sente à vontade com perguntas diretas, com abordagens diretas, com recusas claras.

Sonho acordada com esse homem, disposta a fazer quase todas as concessões em troca de ele me curar de você. Mas continuo afastando-o de mim, impondo limites que nunca coloquei para você.

Quando comecei a trabalhar, a morar sozinha, depois que minha mãe morreu, sentia que pessoas eficientes, mais racionais, me tratavam com impaciência como se não valesse a pena perder tempo comigo. Meus primos, especialmente. E os chefes.

Um deles, um baixinho de voz mansa e olhos maus, se irritava com a minha forma canhestra de falar na hora errada, expor ideias e atitudes não solicitadas. Minha amiga Sarracena, sabedora das atitudes dele contra mim, diagnosticou o sujeito como dono do "menor pau do mundo". No final, ele me demitiu, eu escrevi meu primeiro roteiro de quadrinhos, o segundo, o terceiro, arranjei um emprego muito melhor, estou aqui. Não precisava ter sido demitida, podia ter saído antes. Pouparia horas e horas aturando política de humilhação.

Mas eu não sabia que era a minha cegueira para os objetivos e para o estilo dele que o irritava. Eu me sentia muito aniquilada com a desaprovação para ter coragem de ir embora.

Depois, veio você com sua admiração por minhas qualidades e isso fez crescer em mim o sentimento de que ser cega ou ser direta não era alguma coisa de se envergonhar. Vieram seus sumiços, seus abandonos e eu aprendi, finalmente, que é inútil andar, cega, por um caminho com as mãos espalmadas, os braços estendidos, tentando tocar alguém quando esse alguém não está participando da brincadeira.

Aprendi a não andar, às cegas, na sua direção e a não andar do lado de quem rejeita o que sou. Isso vale para o trabalho e vale para o amor. Para que ficar dia após dia fazendo coisas com gente que não nos quer por perto, se existem outras alternativas? Por que permitir que nossos sonhos se dirijam a alguém que não escolheu a gente?

Deixar as pessoas irem embora, ir embora quando as pessoas não nos querem. Com você me reconheci como mochileira emocional. Isso é bom para mim. Dói, mas é bom. Ficar sem você, dói e não é.

Uma vez, eu estava no Baixo Gávea, com um grupo grande, e todas as mulheres na mesa (e alguns homens) estavam ou sozinhos ou em relacionamentos onde achavam que não podiam ir embora. Porque não tinham para onde ir ou com quem ir.

Pode ser que um dia aconteça de eu precisar de uma bengala metafórica, quer seja um chefe torturador ou um relacionamento mais ou menos morno, mais ou menos amigável. Espero que não, mas pode acontecer. Por enquanto, prefiro minha cegueira em busca de inspiração.

Maio de 1999

Um casal de amigos meus frequenta uma casa onde as pessoas transam com desconhecidos. Eles não transam mais entre si, são amigos, parceiros profissionais, cúmplices.

Conheci um homem que tem uma pele maravilhosa, ser abraçada por ele é como estar envolvida em lençóis de seda. Esse homem diz adorar meus cachos e odiar a palavra resignação.

Eu não gosto da palavra cumplicidade. A palavra me lembra pessoas que têm problemas com brigas amorosas e procuram irmãos em todos os cantos. Só que a gente não faz amor desesperado, carnal, copioso com irmão. Por isso cumplicidade não me atrai.

Gosto da palavra inspiração. Como gosto de entrega, paixão, mudança, intimidade.

Escuto Beatles e penso que, se eu soubesse de mim o que sei hoje, não teria nem tentado manter afetos, amizades precárias em torno de uma aparente unidade.

Mantive meu casamento para manter a unidade. Noutro dia, uma amiga - sempre minhas amigas e suas opiniões - me disse que, apesar de eu ser a chama de vida do casamento, meu ex-marido me dava estabilidade. Outra amiga foi além. Ele aturava minhas idiossincrasias. Hoje, me pergunto por quem elas me tomam. Uma mulher que precisa que alguém lhe dê estabilidade? Alguém que ature?

Eu achava importante compartilhar crenças, estilos, amigos, padrões. Não é. Existe mais unidade na discordância, no conflito, na paixão do que na cumplicidade. Porque do conflito, da diferença pode surgir mudança. Isso eu aprendi com o homem que só me fez sofrer tanto porque me faltou amor-próprio para me afastar dele. Que bom, porque esse homem me deu segurança amorosa suficiente para atrair o outro, o homem de pele de seda que me chegou pelo destino.

No dia em que o conheci, eu estava saindo do meu ex-trabalho, o do ex-chefe pavoroso, com uma amiga que é sexy, decotada, animada. Ela não quis me acompanhar até o vernissage por onde passei para prestigiar um pintor conhecido meu. Fui sozinha para demorar 15 minutos, demorei duas horas, o pintor me apresentou a François.

Ele pediu o número do meu telefone sob o pretexto bobo de me consultar sobre uma produção, ligou no dia seguinte, me levou para jantar, me beijou a boca, antes de me colocar num táxi para casa. De lá para cá, ele me busca, me corteja, me beija, todas as vezes em que vem ao Rio.

Para quem, como eu era, também, capaz de aturar tudo por companhia, mesmo a companhia de gente descuidada, François chegou como uma bênção. Porque me possibilitou a mudança. Hoje, nada me afasta mais de alguém do que o descuido no contato. Não. Nada me afasta mais do que a não percepção de para onde sopra o vento. Não. O que me afasta é eu não saber nada de alguém que não se mostra para mim. Não. O que me afasta de alguém é a sorte, são as circunstâncias.

Foi sorte minha, depois de ter aprendido a ser intensamente amada por um, conhecer outro a partir do qual estou me separando do padrão de ambiguidade, bem me quer, mal me quer, bem me quer, mal me quer. François me quer.

No entanto, se François morasse no Rio, se não estivesse a duas horas de distância, de avião, talvez eu fosse morar com ele. Se ele não morasse numa cidade onde as pessoas só são amigas de colegas de trabalho, de quem frequenta o mesmo clube, um lugar onde as pessoas se relacionam por grupo de afinidade. Se não fossem essas circunstâncias, eu mudaria de lugar, deixaria minha filha curtir sua liberdade, me pouparia de suportar sua contestação permanente. Arriscaria a acordar com o braço de François sobre o meu corpo. Todos os dias.

Talvez eu acabe arriscando. Porque não quero mais saber quais são as circunstâncias, nem para que lado sopra a sorte. Quero ser como eu sou e quero ser amada e cuidada. Não sei se mereço, mas preciso.

Poderiam dizer que eu misturo as coisas. Mas qual é a graça de viver sem misturar as coisas?

Musa

Estou ilustrando uma sinopse e, ontem, a autora veio conferir o trabalho e comentou um filme onde identificou a falha de o personagem só crescer. Ele caminha em frente, sem contradição com o trabalho que o salva, a não ser certa tendência para a melancolia.

Eu discordo. Algumas pessoas podem não ter outro caminho a não ser subir porque parar ou descer são alternativas tão cruéis que a pessoa nem se atreve a considerá-las. O protagonista da história que ainda não mostrei para ninguém é um sujeito assim. Não tem para onde ir, portanto, vai em frente.

Conheço gente que pede demissão de emprego, briga com o chefe que humilha os funcionários, com o professor carrasco, com policial de trânsito truculento, com o namorado descuidado, com a amiga traíra, com filho abusado chegando às vias de fato, quer isso signifique demissão, processo, suspensão, abandono.

Conheço gente que usa drogas variadas, se deixa ficar na cama sem energia, deixa as coisas para última hora e quando a última hora é tarde demais não esquenta a cabeça, enfim, gente que para a vida quando necessário.

Conheço gente que acha que seu lugar no mundo já está definido e que as chances de mudar de peso, de status, de contexto amoroso, intelectual, financeiro são iguais a zero, então continuam onde estão.

Algumas pessoas acreditam que têm a chance de fazer alguma coisa fora da chapa quente, fora do círculo de giz e pulam. Depois que pulam, continuam correndo, fazendo, subindo, talvez porque tenham medo de cair outra vez.

O meu sentimento é que essas pessoas, entre as quais me incluo, de vez em quando se sentem sozinhas, sem colo e sem musa, sem aquele colo e aquela musa que inspiram confiança, aconchego, ternura. Aí bate a tristeza.

A melancolia do personagem herói solitário de si mesmo é tristeza de letra de Roberto Carlos. De que vale tudo isso se você não está aqui?

Junho de 1999

Passei três dias envenenada pela dúvida, tentando descobrir onde foi que errei, porque um grupo de pessoas a quem cedi muitas vezes para mantermos contato passou a me ignorar quando comecei a dizer Não. Minha filha entre elas.

Alguns diriam que a minha pergunta é autorreferente, egocêntrica. Ouço essa afirmação sempre que pergunto a terapeutas, amigos, conhecidos, desafetos, todos psicanalisados. Há quanto tempo apelo para intérpretes dos meus erros, das minhas angústias, das minhas atitudes? Desde que tenho noção de mim como pessoa, minha cabeça está à mercê da interpretação coletiva.

Pior do que isso. Terceirizei a cabeça da minha filha. Confiei em psicólogas e pedagogas para orientá-la nas dificuldades da adolescência sem, ao menos, perguntar por referências, currículos, trabalhos anteriores. Ninguém me entregaria uma produção sem ver meu portfólio. Ninguém entregaria um projeto grande sem inquirir sobre sucessos anteriores, mas eu encaminhei minha filha para tratamentos com xamãs dos quais não conheço direito nem a tribo.

Minha primeira reação é pensar onde foi que errei porque sou nascida e criada num mundo que acredita no indivíduo (categoria que existe há menos de três séculos) capaz de conduzir sua vida, dono de livre-arbítrio (este conceito é mais antigo), que leva o indivíduo a escolher seus próprios caminhos. Imbuída dessas crenças, eu pagava para ouvir alguém me perguntar: qual é o seu desejo, qual é a sua questão, por que você aceita, deixa, permite que essas coisas aconteçam?

Eu não permito. Simplesmente não consigo me defender. Ignoro como me defender. Quando descubro a maneira, o tempo passou, o estrago já está feito.

O filho de uma amiga minha é viciado em drogas. Ela o levou ao médico, o médico recomendou um psicólogo especializado em atender esses casos. Um dia, acidentalmente, minha amiga descobriu que o sujeito era usuário, devedor e completamente permissivo com o filho dela. Ela me contou essa história superangustiada, porque tentou conversar com o cara a respeito e ele veio com um psicologuês para cima dela, sobre qual era sua questão, qual era, em suma, seu problema com a relação dele, um profissional, com o filho dela, um cliente. Ela se culpa por ter errado na escolha do profissional, por ter feito alguma coisa a mais ou a menos que teria levado o filho para a droga.

No mundo em que vivemos, uma indicação de autoridade é superior a qualquer evidência, por isso a aceitamos sem pedir comprovação. Não é erro dela, é o jeito como as coisas são. Não conheço minha amiga o suficiente para saber se ela influenciou de alguma forma o filho para usar drogas. A questão é que ele usa, ele gosta, ele não consegue largar.

Com minha filha o problema é outro. Por algum motivo, ela precisa de confirmação, aceitação o tempo todo. Então, se não concordo com ela, é porque não amo, contesto, combato, coloco para baixo.

Não é a única pessoa do mundo. Acho que a maioria precisa. Um amigo meu deixou uma mulher bonita, bem-sucedida, louca por ele, porque o criticava, brigava por seus malfeitos. Ele era meu amigo, não ela, e devo dizer que os malfeitos dele não eram poucos, apesar de suas muitas qualidades. Terminaram. Ele, anos depois, muitos malfeitos depois, conheceu uma mulher que o levou para casa e o endireitou. Toda a nossa turma gaba o casamento deles. Eu gosto dela, mas me pergunto se ali rola sexo. Porque ela cuida dele como mãe compreensiva, organizadora. Tardia.

Fico preocupada com minha filhinha e sua antipatia por divergências, mas suponho que eu esteja sendo superprotetora. Ela só tem 18 anos e um dia vamos, as duas, rir da minha tentativa beligerante de colocar limites nos abusos dela e no drama que ela faz.

Ela faz, pelo menos uma vez por semana, a lista dos erros comprovados ou supostos que cometi e cometo na minha relação com ela. Para mim, errar não é vergonha ou fracasso, ignorar não é a pior parte do problema. Erro e ignorância fazem parte do processo. Não sei? Aprendo. Fui por um caminho que não era o melhor? Volto e refaço o caminho. Se precisar assumir que errei, assumo, peço desculpas, negocio. A pior parte é quando, no contexto, não há solução. Se não tem solução, não é problema. É fatalidade.

Fatalidade é encontrar gente que não quer mudar de papel, de posição, de erro. Gente que destrói o amor, a amizade, os que discordam apenas para não mudarem. Odeio a mim mesma quando ajo como essas pessoas. Odeio a mim mesma quando não percebo que estou sendo malévola.

Eu pensava que a alegria era o que me impedia de ser malévola. Não é. O esforço para me manter justa é o meu talismã. A lucidez, quando consigo mantê-la, é minha fortaleza.

Intimidade

Meu professor de História do Design, na faculdade, era um homem que dizia sonhar em não ter inimigos pessoais, apesar das escolhas profissionais audaciosas que ele achava que fazia.

O máximo isso, eu pensava. Aspirar por uma discordância sem rancor, provocar antagonismo se inevitável fosse, mas antagonismo impessoal.

Ele contava, em sala de aula, que casou com uma namorada de juventude, um casamento de amor, aquele sentimento que nos completa e nos estabiliza, nos ensina coisas, nos ajuda a crescer e a mudar.

Escutando aquilo eu imaginava os dois como pessoas que evitam intimidade com estranhos.

Veja como sempre fui esquisita. Aos 20 anos, meus professores eram personagens sobre os quais eu ficava especulando histórias e intenções.

Uma coisa que distinguia esse professor era a capacidade de ouvir. As pessoas diziam maravilhadas:

ele não julga! Dificilmente critica! Não é egoísta, não fica o tempo todo falando sobre os seus problemas. Meus tios são.

Ao contrário deles, eu procuro intimidade. Na faculdade, eu contava a minha vida e a dos outros para recém-conhecidos, para colegas de turma.

No trabalho, hoje, peço a opinião dos outros. Fiz uma coleção de críticos, desafetos, não diria inimigos porque não sou tão importante assim, mas um time de pessoas que me olham com restrição. Porque sabem das minhas esquisitices contadas por mim mesma.

Gostar mais de ouvir sobre a vida dos outros do que de falar sobre a própria pode ser uma forma de evitar intimidade. Não criticar, não perguntar coisas íntimas, às vezes, é apenas um recurso para que o outro não tente se aproximar demais.

Alguns precisam de intimidade com um número menor de pessoas, talvez com nenhuma. Como meus tios. Passei os últimos dias pensando se devia perguntar o nome do amante secreto de minha mãe para minha tia. Se deveria puxar pela memória dela em relação ao que eu era aos 18 anos.

Eu fazia mesmo as coisas que minha mãe conta nos diários? A lista dos erros dela, só dos erros, o tempo todo? Eu precisava de que as pessoas concordassem comigo o tempo inteiro? Rejeitava quem fizesse diferente? Rejeitava minha própria mãe?

Depois da conversa ao telefone com minha tia, eu tinha resolvido não chegar mais muito perto dela. Ela talvez esteja triste porque se separou, mas é melhor evitar perguntas íntimas com quem não quer intimidade. Além do mais, duvido que minha mãe tenha contado para a irmã o nome do amado, o caso todo. Ela não entenderia. Era casada demais. Decidindo isso, me senti mais à vontade comigo mesma. Se eu quiser fazer um trabalho de detetive com o passado, basta procurar o ex-chefe dela, o malvadinho, as colegas. Não me lembro delas, mas o chefe deve lembrar da minha mãe. Ou será que as pessoas esquecem a quem discriminam?

A cada dia, leio um pouquinho o que ela escreveu. Recupero, de certa forma, a inocência.

Julho de 1999

Noutro dia, demiti uma empregada em 48 horas, pela primeira vez na minha vida.

Ela chegou para a entrevista, eu a convidei para sentar, fomos conversando, falei do horário, do salário, dos deveres e dos direitos. Fiz algumas perguntas, ela disse que foi umbandista, hoje é evangélica. Ela mora num morro não pacificado, contou que, subindo com sacolas de compras, viu um adolescente ligado às drogas deixar cair uma nota de dinheiro, fez que baixava as sacolas, pegou, eram 50 reais, comemorou, 50 reais caídos do céu, aleluia. Seguiu adiante, o mesmo adolescente e mais um vinham procurando no caminho: tia, viu um dinheiro por aí? Ela deu uma bronca, não está vendo que estou carregando peso, eu sou lá de me preocupar em olhar para dinheiro perdido?

Eu não soube, na hora, o que me espantou mais. Ela contar que tomou 50 reais que não eram seus, tomar 50 reais do pessoal do tráfico, de quem eu morro de medo, ou considerar que tomar 50 reais de quem a gente desaprova não é roubo.

Na segunda-feira seguinte, começou a trabalhar e já veio me avisando que um dia na semana teria que faltar para fazer um curso de cuidador de idosos: mas se a senhora quiser, pode me mandar embora.

No segundo dia, ao colocar na mesa um ovo cozido, perguntou: a senhora não tem saleiro, não?

Não respondi porque a vida inteira me dividi entre o intenso orgulho da superação e o sentimento da desvantagem. Eu tenho uma casa, uma casa com coisas bonitas, compradas com o meu trabalho, mas não tenho saleiro. Nem porta-queijo ralado. Nem molheira. Sou um fracasso. Agora, todos vão descobrir que sou um fracasso.

Ela foi até a cozinha, voltou e disse: a senhora não vai responder, não? Porque eu preciso perguntar, para saber o que tem na casa.

Naquele momento, eu soube que tinha que demiti-la. Para ela, eu nunca seria uma madame boa o bastante. Inventei uma desculpa educada, fiz as contas, pagando a mais - como convém a um ser humano que não tem saleiro - e a mandei embora. Escapei da desaprovação dela.

Futuro

Aos 18 anos, eu detestava minha mãe, por me colocar em xeque o tempo todo, e o meu pai, por ser um banana que não me defendia da tirania dela. Aí minha mãe morreu e eu percebi que viver sem ela era difícil.

Mentira. Aí minha mãe morreu e, depois de um primeiro momento de culpa e saudades, comecei a demolir sua imagem com o auxílio dos meus amigos e da minha terapeuta.

Porque ela morreu, mas isso não modificava o presente, muito menos o passado. Nossa casa era uma casa de brigas por causa da hora em que eu acordava, por causa do tanto que desperdiçava de luz, de detergente para lavar pratos de cinco dias em cima da pia, brigas porque eu esquecia de pagar a faculdade ou a terapia. Enquanto milhares de crianças pediam esmolas nos sinais da cidade do Rio de Janeiro. Ela tinha um jeito chato de acordar de bom humor, ter pena de pobre, mesmo pobre que roubava minha mochila nova, uma mania insuportável de fazer observações contra opiniões dominantes. Quando lançaram *Gossip Girl*, ela criticava o seriado na frente das minhas amigas, eu morria de vergonha.

Falei mal de minha falecida mãe por quatro anos, durante toda a faculdade, até identificar que as amigas que tinham mães mais compreensivas, mais legais do que a minha, não eram mais felizes do que eu.

Eu deveria ter descoberto antes que ela não tinha só defeitos, porque no primeiro estágio que arranjei o que valia era a disciplina de chegar na hora, a competência de entregar tarefas, a obediência em seguir ordens de quem pagava meu salário. Foi ela que me ensinou isso.

Sem o que eu ganhava no estágio teria que morar com meu pai e a nova mulher dele ou com minha tia. Com o pouco dinheiro do estágio (seleção duríssima da qual minha mãe me obrigou a participar) eu podia viver sozinha no apartamento em que morávamos, o que ela havia comprado com o dinheiro do projeto que fez logo que saiu do emprego com o torturador.

O pior de tudo é que vou precisar ir atrás desse cara, se eu quiser saber quem é o homem que minha mãe amou mais do que nenhum outro. Fico fantasiando, mais uma fantasia, se ele era casado, se continua casado, porque ele e minha mãe não deram certo durante anos.

Agosto de 1999

Ninguém me bate, disse o homem que mais amei até hoje, no telefone, me dando colo.

É o homem que mais amei até hoje porque foi quem acabou de me criar.

Traduziu para mim o mundo com pontos de vista mais abrangentes do que os meus. Mobilizou talentos que eu não suspeitava existirem.

Colocou à minha frente espelhos que mostraram nuances ignoradas de nós dois, me ensinou a ser mais tolerante pelo exemplo, me ensinou a ser mais competente pelo desafio, me obrigou a ser mais independente por sua ambiguidade.

Hoje, ele me tirou das sombras do único ponto que me abate: atitudes injustas das poucas pessoas que amo.

Trabalho em excesso não me derruba, desafios, levo numa boa, dificuldades financeiras, em geral, não me assustam, discriminações recorrentes contra minha teima de achar que tenho direitos iguais aos que me discriminam me irritam, mas não me abatem.

Injustiças atiradas de quem eu amo me deixam insana de zanga e mágoa. Minha filha especialmente. Porque filha não tem o direito de ferir ou desrespeitar mãe que apoia, se esforça para ser legal. Sei que parece infantil e antiquado escrever isso. Mas eu sou infantil e antiquada.

Ele me disse hoje ao telefone: ninguém me bate. Eu sei. É um sultão, um czar, um tímido que se transformou pelo tesão e prazer pela vida, um egoísta quc impõe limites a todos, um generoso quando atalha lágrimas e acolhe.

Mas eu não sou firme assim. Ninguém me ensinou a ser uma pessoa em quem não batem. Ninguém me ensinou a dizer "não estou gostando do seu tom".

Ele me bateu, muitas vezes, com sua distância e, principalmente, com sua ambiguidade.

Às vezes, acordo pensando: eu não o admiro mais e sinto que a partir daí estou livre. Isso acontece quando, no dia anterior, ele colocou barreiras à intimidade, me afastou, me ignorou. Não consigo admirar quem faz isso comigo, não consigo amar quem não admiro. Aí, querem as circunstâncias que alguém me fira e ele me dá colo, me tira das sombras, me devolve para a luz e se mantém ainda no lugar onde estava. Do homem que mais amei até hoje.

As pessoas que amo me batem, não consigo evitar, mas consigo não gostar do que elas fazem, consigo não me manter admirando-as quando fazem isso, consigo pedir colo quando se mantêm íntegras e justas.

É incoerente? É. Mas tenho o direito de ser incoerente. Aprendi isso com o homem que amei mais do que nenhum até hoje.

Nuances

Minha mãe escreveu — em algum lugar das centenas de páginas que estavam nos disquetes — que ela amava sete pessoas, gostava de 30 e apreciava 140. Eu, sua filha, sou uma das sete, mas quem são as outras? Minha tia, o cunhado, os sobrinhos, as tias, os primos, minha avó que morreu aos 92 não dizendo coisa com coisa? Só aí tem mais de 36. Não sei nada da minha mãe, coisa estranha.

Engraçado como mulheres (eu inclusive) são mais chantagistas do que homens. Talvez porque o mundo ensine aos homens que a chantagem deles só funciona com mulheres frágeis ou porque mulheres que não são frágeis e homens poderosos punam, sem dó nem piedade, atitudes chantagistas. Volta e meia, eu pedia ajuda à minha mãe impondo condições. "Você pode me dar tal coisa na hora, no lugar, do jeito que eu quero?"

Minha prima mais nova se separou da namorada, brigou com a mãe e quer vir morar comigo para esquecer as duas. A moça e a mãe. E ela, a prima, não está nem entre as 35 pessoas a quem aprecio. É chata, egoísta, bagunceira, trata minha tia como um pano de chão, nem sei como ela gosta de transar com mulher, tratando a mãe na porrada do jeito que trata.

Eu também já fiz isso. Lendo os diários de minha mãe, fico morta de vergonha. Eu tinha esquecido que gritava com minha mãe, que exigia que ela me desse dinheiro, fora da mesada, praticamente ordenava que comprasse coisas para mim, podendo ou não podendo, não lembrava que a punia quando ela dizia não. Não lembrava que já deixei de passar o dia das mães com ela em represália a alguma ofensa real ou imaginária.

Lendo, revi a cena (ela descreve com detalhes, vingança além-túmulo, acho) de eu lhe contando as palavras da analista: "Sua mãe inverte os papéis, confunde. Filhos normais são contestadores mesmo, esperam compreensão dos pais. Como você pode se libertar com uma mãe carrapatosa assim?"

E daí que minha mãe invertesse papéis? Pensar que eu exigia que minha mãe pagasse a uma mulher que dizia isso dela! Escrevo isso e fico em dúvida se eu estava entre as sete pessoas que ela amava. Eu colocaria alguém entre as sete do topo da minha lista se me dissesse isso? Acho que não. Mas minha mãe era diferente de mim. Mais boba, talvez.

Os fundamentalistas cristãos, que acreditam em livre-arbítrio e em escolha, os que não entendem que a vida e a formação são circunstanciais, diriam que era só ela dizer não, não posso. Mas ela não conseguia.

Ela brigava muito comigo, disso lembro bem, era o que eu mais comentava na terapia. O quanto eu era infeliz com as críticas da minha mãe. Mas não sabia bater, quando batia, era ela que ficava roxa.

Escrever sobre minha mãe me consola do que não sou e não sei. Não sou mãe como ela foi e eu queria muito, descobri lendo os diários dela, queria muito ter um filho. Olha que contraditório, não quero ficar perto de você, não suporto seu egoísmo, mas quero um filho seu.

Queria muito também saber quem foi esse cara que ela amou tanto. Como pode minha mãe querer ser um homem se ela chamava o sujeito de tirano e de sultão? Era minha mãe, tinha uma filha de 18 anos, isso é, como diria uma personagem de seriado americano, muita informação para mim.

Queria, acima de tudo, saber quem eram as sete, as 30, as 140 pessoas que mereciam o afeto com nuances que minha mãe praticava.

Minha prima não está entre as pessoas que amo, gosto, aprecio. Não fica comigo, de jeito nenhum.

Vício

Às vezes, eu tenho vontade de voltar a fumar. Muito frequentemente, sinto vontade de beber. Porque quando fumava, se alguém me aborrecia, me magoava, quando um obstáculo se revelava intransponível, eu acendia um cigarro e o impacto emocional passava.

A frustração por não conseguir o que eu queria diminuía muito com a nicotina. Eu continuava sem o que queria, mas, pelo menos, tinha o prazer do cigarro. Grande companheiro, grande colo.

Beber um pouco me põe num estado de expansão de consciência bom para o amor ou para a diversão. Beijo na boca é legal com um pouco de álcool. Beber muito, beber sempre ou beber sozinha, me desvia de mim mesma. Isso é um problema. A alienação não me alegra.

Só existe, para mim, um sucedâneo para a droga. O amor. E aí lembro de Shakespeare, by Jane Austen, típica leitura que eu e minha mãe fazíamos quando nosso esporte preferido ainda não era brigar uma com a outra. "Amor só é amor se não se dobra às vicissitudes, aos obstáculos." Ou, como diria Cole Porter, que minha mãe cantava pela casa:

Whenever skies look gray to me and trouble begins [to brew
Whenever the winter winds become too strong
I concentrate on you
And so when wise men say to me
That love's young dream never comes true
To prove that even the wise men can be wrong
I concentrate on you

Ou a Amy Winehouse é que tem razão e *love is a losing game?*

Mas não quero me converter à autossuficiência, aos lugares-comuns de que amor que inspira é romantismo, é brega ou é coisa de gente carente, mal-resolvida. O amor é minha primeira opção, já que não tenho medo do amor e tenho medo das drogas. E quando a gente não encontra este amor ou quando não encontra gente que acha inspiração ou colo coisas essenciais para a vida? Aí a gente se concentra não no amor, mas na diversão. Porque as segundas opções também valem a pena.

Brega

Viajo porque preciso, volto porque te amo. Belo nome para um filme. O amor é brega. Eu quero um homem que pense em mim o tempo todo. Eu sou brega. O medo de não ser amado é brega. A coragem é brega. Coragem e amor são rasgados, passionais, dedicados, generosos.

Amor brega submete os preconceitos dos mais jovens ao direito à sensualidade dos mais velhos. Estou escrevendo isso bêbada, resolvendo se vou ou não vou atrás do passado da minha mãe.

Pior, estou considerando seriamente colocar o passado da minha mãe no meu projeto de *graphic novel.*

A mãe do meu protagonista pode arranjar um amado depois que fica viúva, antes de se casar com o cara legal que vai ser o padrasto dele, o que resolve tudo, compreende tudo. O amado aparece só para partir o coração dela. Essa é a hipótese realista.

Ele pode também acessar a mente da mãe e ressuscitar o pai nos primórdios da vida deles. Não como *De volta para o futuro*, mas como uma coisa mais dark, a mãe com a consciência do presente e o pai com a alma de jogador que já dei para ele na sinopse. A mãe teria que resolver se banca o sujeito assim mesmo, no risco, inclusive do meu protagonista não nascer.

O amor não combina com o medo de arriscar, não combina com a mesquinharia, não combina com as convenções. Vou à Turquia pesquisar umas locações. Nem que seja do meu próprio bolso. Nem que eu faça um *graphic novel* para a gaveta, só para meus filhos acharem um dia.

Se você me amasse de verdade e fosse brega, vinha me resgatar dessa saudade, ia a Istambul comigo. Amor de verdade e brega passa o fim de semana em Paris e goza. Não ser amado de verdade cansa.

Amor de verdade faz qualquer coisa para garantir o direito de ser amado. Faz qualquer coisa para garantir a posse do ser amado. Porque amor de verdade insiste, tem certeza, busca a sorte, como ensina o físico pedante criado por Woody Allen. Aliás, pelo que pude entender, assistindo ao filme pela segunda vez, o mundo se divide entre os pedantes racionais e os simplórios que se entregam sem medo dos micróbios ou do ridículo. Eu pertenço ao segundo grupo. Brega.

Voz

Tenho tara por voz. Voz me anima, voz me toca, voz desperta em mim ternura, tesão, alerta, ansiedade boa. Nos dias de hoje, só procuro por um timbre específico. O timbre do acolhimento, do aconchego. Voz agastada, sovina, impaciente me afasta.

Gosto de voz, quase o tanto que gosto de beijo. Voz é prenúncio de beijo.

A falta da sua voz, do seu beijo perfeito, me faz entrar em ansiedade, me põe para pensar: agarro ou não agarro o jamaicano? Porque eu conheci um jamaicano, na Lapa, sábado. Estava tomando um porre com a minha prima chata, numa casa onde se dança salsa, e lá estava o negão, lindo, lindo.

Como acontece com a maioria dos meus picos de ansiedade, se eu segurar a onda um pouquinho, passa. Mas num dia pior, é mais difícil. Já me aconselharam a tomar remédio o tempo todo, ansiolíticos não benzodiazepínicos, do tipo que não afetam a memória. Aí eu pergunto: quais os outros efeitos colaterais? E me respondem, ah, perda de libido, em algumas pessoas queda de cabelo... Por que eu trocaria meus cabelos pela sensação de tranquilidade? Minha mãe diria, "mais sereiazinha de Andersen, impossível".

Fui reler *A pequena sereia* depois que vi a breve referência nos diários de minha mãe. Mas a sereia não perdeu os cabelos, perdeu a cauda, perdeu a voz, as irmãs é que perderam os cabelos, no final, para evitar que ela virasse espuma do mar.

Minha turma de faculdade se reuniu, esse ano não fui. As fotos estão no Flickr, uma garota que era linda está com falhas entre os cabelos louros, isso é remédio, claro que é, ela também parou de fumar e começou a ter pânico, dores pelo corpo, ataques de ansiedade, foi ao médico, ele passou o remédio, o tal que faz cair o cabelo. Não deu outra.

Estou arranjando uma maneira muito boa de lidar com minha ansiedade, agora que decidi preferir tesão e cachos, como os da minha mãe, a tranquilidade e cabelos ralos. Faço assim: o que pode acontecer se eu disser que não vou mais fazer tal coisa? Menos dinheiro, mais trabalho, mais desafetos? Eu aguento? Se aguentar, firmo na negativa. Se não aguentar, cedo no Sim e não se fala mais nisso. Funciona? Não sei, mas preciso tentar.

Perverter

Amor para mim está muito ligado à proteção e à admiração. Como uma criança pequena admira e se sente protegida por quem ama, sente que pode se aconchegar, se entregar ao abraço, vê a pessoa que ama e que a protege como uma fonte de prazer e segurança.

A gente não devia corromper esse sentimento. Com ninguém. De amantes a filhos. Mas a gente corrompe. Choraminga de saudades, quer se enroscar no corpo de gente apressada e impaciente, pede aprovação e apoio para quem está num momento de imersão completa em suas próprias necessidades, quer controlar os passos de quem é grande o bastante para fazer o que não aprovamos, não nos agrada.

Estou há dias sem escrever, angustiada, porque quero continuar amando você com a inocência e a entrega de uma criança e, ao mesmo tempo, não quero continuar amando você porque me lembro que me deixou sozinha, que não precisa de mim, não gosta de mim, não me ama o bastante para me manter ao seu lado.

Mas eu escrevo. Isso complica um pouco mais as coisas. Porque preciso me expor, preciso partilhar, preciso que acolham, não necessariamente aplaudam, melhor que aplaudam, mas preciso que leiam e reajam a mim. O mundo não me é indiferente. Quem eu amo é minha musa, minha plateia preferencial. Escrevo para quem amo, se quem amo não acolhe, quem vai acolher? Coisa de criança, eu sei.

É muito difícil não corromper quem a gente ama, não se corromper junto a quem se ama. Ainda bem que só amo você. Fica mais fácil consertar o rumo.

Rede

A Internet para mim tem, entre muitas, duas grandes qualidades. Mantém a conexão entre nós dois e me permite buscar quase tudo o que eu queira.

Fofocas sobre parentes. Mediocridades de parentes. Ficções de parentes sobre suas próprias vidas. Levantei muitas pistas entre a Eilenora original e a minha família hoje. Batizados, casamentos, registros criminais, psiquiátricos, vitórias, derrotas, dívidas. Por isso, minha tia defende que o passado deve ser deixado para trás. Para que só venham à tona as coisas boas.

Não tem nada de diferente, é provável, de outras famílias de imigrantes pobres. O que espanta é a coragem de uma mulher deixar para trás a estabilidade e o conforto, em 1898. Não fugiu da miséria, não fugiu da tortura, fugiu, apenas, do desamor. Minha mãe tinha razão, um espanto. Minha tia talvez tenha razão, com a palavra-chave que usou para resumir a trajetória que lhe contei: maluca.

Na minha família, pelo que descobri, existem muitas mulheres malucas ou algumas mulheres muito malucas. Resolvi me incluir entre elas. Qual a outra explicação para este blog onde me mantenho na vitrine para você?

Contexto do *graphic novel*: protagonista, cara jovem, esquisito, apaixonado (eu) escreve blog na esperança que mulher gostosa, arredia, egoísta, monstra (você) leia. Ela viaja o mundo, é uma andarilha internáutica, aproveitando que fala cinco línguas e entende tudo de informática, para fazer espionagem industrial e destroçar corações de brasileiros incautos (como você faz). Não sou nerd, branquelo, de óculos. Não. Sou um geek, branquelo, de óculos que devora os kama sutra cibernéticos imaginando fantasias sexuais. Com a monstra. Você. Tem outras sequências, é claro. Às vezes, eu sou mulher e passo na sua frente com outro e você fica amargando a maior dor de corno, papel que detesta.

Até outro dia, o que me segurava era o medo que meu chefe descobrisse que gastava muito mais do que os 20% do tempo regulamentar para projetos pessoais. Meu medo era que se ele me pegasse rabiscando delírios com você, me matasse. Ou me demitisse, o que seria muito pior.

A vantagem de escrever blog é que vou desgastando a sua ausência.

Sabe do que mais? Não quer aparecer, não aparece. Não quero saber se você está pegando alguma periguete no Japão, na Inglaterra ou em Jundiaí. Não me interessa se você anotou na agenda o endereço do meu blog e acessa antes de dormir sozinho ou acompanhado de alguma vadia ou de manhã antes de recusar cinco projetos novos e chicotear os nerds que você chefia.

Vou entrevistar o sultão da minha mãe, o tirano que ela chamava de amor. E você não vai mais me tiranizar com seus sumiços não, viu? Sou uma artista (pelo menos, vou ser um dia), não preciso de um geek metido a surfista como você, bancando o durão para cultivar minha dependência e minha maluquice.

Tô indo.

Mas se você quiser, eu volto. Que raiva!

Perfil

Esquisita. Hétero. Blogueira. Isso é o mais importante a meu respeito. Não sou esquisita porque uso piercing, tenho tatuagens, fiz desenho industrial e crio vinhetas para TV enquanto sonho com o universo imaginário do *graphic novel* que vou lançar um dia. Não sonho apenas; sonhar, pessoas não esquisitas também sonham. Eu sonho o dia inteiro. Converso com meu chefe boa gente e paranoico e fico imaginando se ele seria um elfo num delírio medieval ou um mutante futurista. Ando pelos corredores da emissora, sorrindo para os colegas e escolhendo a cor do cabelo da gostosa que seduz o chefe de segurança para resgatar o companheiro que foi submetido à máquina de extrair memórias.

Sou esquisita, porque inquieta, encrequeira, com dificuldade de enxergar limites impostos, sem medo de aprofundar relacionamentos e sem dificuldades maiores de deixar pessoas e lugares. Isso não é bravata. Sou mochileira emocional.

Hétero porque, para o bem e para o mal, gosto da diferença. Adoro essa expressão: "para o bem e para o mal". Se eu nascesse homem, transaria com mulher, ao contrário dos meus amigos que dizem que se fossem mulher seriam lésbicas. Eles dizem isso sem se dar conta (olha que expressão bacana essa, "sem se dar conta") que isso não significa que gostam apenas, ou principalmente, de buceta. Escrevo buceta — com "u", acho ridículo escrever boceta — não é para escandalizar as pessoas. É porque essa forma é precisa, direta, acho... em alguns contextos, na boca de certas pessoas, buceta é muito mais cristalina e atraente do que eufemismos que outros usam.

Sou hétero também, nesse momento, nessa vida, porque os homens me divertem. Acho engraçado, quando não é irritante, o esforço que os homens fazem para dar a impressão de que estão aprontando o tempo todo, mesmo quando não estão aprontando.

Sou blogueira porque escrever em blog esclarece a vida. Desse blog excluí mais de 400 textos, repletos de amor e esquisitice, que escrevi para você. Porque não aguentava mais me reler ou correr o risco de alguém achar na Internet minha paixão permanente.

O que eu quero da vida? Manter a inocência. Esquisita.

MÁSCARAS

FUI JANTAR COM A FRANCO-MARROQUINA que me procurou na Internet. Ela se chama Julie, mas também tem um nome árabe, dado pelo pai com quem viveu até os 12 anos no Marrocos. Mora há dez em Paris, está há uma semana no Rio, e me contou uma história fantástica sobre a avó da minha avó e o bisavô dela.

Este homem morreu, em casa, com suas mulheres, filhos, netos, aos 102 anos. Conheceu minha antepassada em Salamanca quando tinha a minha idade, 29 anos.

Ele estudou matemática durante um tempo na Universidade de Salamanca e ganhou a vida, enquanto esteve lá, pintando ladrilhos com uma perfeição geométrica e assentando-os. Fazia esse serviço para os espanhóis que podiam pagar por seu trabalho artesanal.

Mais tarde, muitos anos depois, numa das viagens à Europa, adquiriu um projetor de cinema e começou a exibir filmes numa tenda na praça da cidade onde morava. Ficou rico, foi para Rabat, o pai de Julie nasceu lá. Filho de um filho do ladrilheiro.

Em Salamanca, às vezes, ele levava meses para terminar um trabalho. Numa dessas casas, conheceu a irlandesa, a estrangeira Eilenora. Ele contou para o neto, um menino de dez anos encarregado de levar o velho velhíssimo para tomar sol, que se conheceram na porta do casarão frio, quase medieval como era toda a cidade.

Ela tinha marido e filhos. Eles se conheceram quando o marroquino foi ornamentar o escritório do marido. Contou para o neto, pai de Julie, que os dois se amavam nas sombras, durante o verão de 1895.

O cabelo dela já estava matizado de branco, quando se conheceram, mas a pele era lisa e macia, os seios redondos e ela tinha entre as pernas um jardim de delícias que o abrigava como nenhum outro em que ele estivesse estado.

Enquanto falava, o marroquino lembrava dela, acariciando seu corpo com os lábios, dizendo de suas dores. "Há três anos meu marido não me toca, não vejo meus filhos mais velhos há dez anos, há 30 não encontro ninguém da minha família."

A ausência de família, pátria, não a incomodava, o amante entendia isso, ele também vinha de um lugar de onde todos partem e não voltam, ou custam a voltar. Vinham os dois de culturas onde filhos são concebidos por obrigação, paridos por fatalidade e cuidados por costume. Uma filha ficar anos e anos sem ser vista não fazia diferença. Era a vida.

Um dia, em que acabaram os pretextos para não entregar o serviço, ele foi embora. Andou pela Europa, para ele não foi difícil ficar sem o corpo dela, contou com remorso para o neto. Não era a única mulher ali acessível a um amante, ele vinha de um lugar onde homens tinham várias mulheres abertamente, deitar com mais de uma não era um problema. Era mais fácil para uma mulher se entregar a um estrangeiro, moreno, soberbo dos seus costumes, murmurando outra língua no amor e reconhecedor apenas dos seus desejos. Para as mulheres assim era mais fácil não amá-lo, ele aprendeu em suas andanças.

Ficaram três anos sem se ver, ele voltou, passou pela porta dela dois dias seguidos, conseguiram combinar um encontro, ela se deixou abraçar por ele e contou no seu ouvido:

"Mês passado sangrei forte durante oito dias. Acordava banhada em suor na madrugada, independente de quanto o clima estivesse agradável. Nunca pensei que chegasse o dia em que sentiria falta do sangue que corria nos intervalos das vezes em que estive grávida ou amamentando. Mas sinto falta. Porque, quando sangrava todo mês, a vontade de chorar não surgia do nada, nem o coração lhe batia nas têmporas de medo com o latido de um cachorro na madrugada ou com asas aflitas de um pombo fugindo de algum lugar."

Ele acolheu a confidência, sem entender bem por que estava sendo feita, bastava saber que ela precisava contar que seu corpo tinha mudado por dentro, em algum território inacessível para um homem. Nenhuma mulher do seu povo contaria aquelas coisas para um homem, mas ela era uma estrangeira, tinha o direito de ser estranha.

Ela perguntou a ele se acreditava ser possível parar o tempo, o exato minuto, em que acontecem coisas que mudam para sempre o que somos. Os movimentos do corpo, a expressão dos olhos, o sorriso? Seria possível capturar o momento em que uma mulher a realizar tarefas pelo mundo encontra alguém por quem ela abandonaria tudo o que lhe custa esforço e dedicação?

Ele respondeu — sorrindo porque pensou ser aquilo um jogo de sedução — que isso só era possível em sonhos, como os sonhos que tivera com ela durante os três anos de ausência. Não estava mentindo, sonhava mesmo, com o cheiro da pele, com a doçura, o abrigo. Mas não entendia como gravar para sempre, igual o acontecido, o amor deles.

Muitos anos mais tarde, ao comprar um projetor de cinema e ficar rico com aquela diversão, lembrou-se dela porque era possível sim capturar o momento, o sorriso, os movimentos do corpo de alguém vivendo uma história de amor. Mas ela nunca saberia disso, lamentou-se para o neto.

Porque era um estrangeiro não se incomodou em deixá-la para trás, voltar para seu próprio caminho. Porque era um estrangeiro não se importou se existiriam lágrimas. Partiu sem se despedir na manhã seguinte ao último encontro.

Quando voltou, no ano seguinte, porque ela continuava nos seus sonhos, soube, pelo marido, que a estrangeira tinha ido embora com as filhas na primavera anterior.

O espanhol o convidou a entrar, mostrou os azulejos perfeitos no escritório desleixado, o convidou a tomar um vinho que ele recusou por ser abstêmio. Sentasse, pelo menos, ordenou áspero, se servindo de um copo e contando da briga mínima pela qual ela tinha ido embora. No Brasil, ela disse antes de partir, existiam parentes que podiam lhe ajudar a recomeçar a vida. O marido abandonado referia-se à mulher como aquela maldita irlandesa.

Ouvindo, ele percebeu tudo. Ela tinha provocado a briga. Para partir sem que o marido a perseguisse, impedisse, difamasse. Poderia ter feito isso em qualquer momento dos trinta anos em que ficaram casados. O marido, a maioria dos dias, como supunha o bisavô da minha nova amiga, chegava em casa sombrio, sem querer ouvir uma palavra. Ela tinha contado que ele bebia e a maltratava, bebia e a ignorava. Provavelmente, o marido a fazia se sentir feia, velha, alquebrada.

"Sóbrio ou tomado pelo álcool, ele me fez me sentir alguém que nunca encontraria um amor completo no mundo. Mas eu encontrei você, meu homem lindo."

Seis anos depois, no início do século XX, ele teve a oportunidade de visitar um primo, no Brasil. Alguém da família do meu amigo, provavelmente. Moravam em Goiás, ele ficou por lá seis meses, até conseguir ir ao Rio. Quando foi procurá-la, ela tinha morrido de tuberculose.

Ele agradeceu a informação, voltou para a estação, não quis nem ver a cidade. Esperava ter lhe dado pelo menos boas memórias.

O marroquino era 26 anos mais novo, trabalhador manual, não interessa se entendia de geometria plana ou o que quer que se ensinasse de matemática na Universidade de Salamanca no século XIX. A maioria das confidências foi feita da primeira vez que transaram. Por isso acredito em genética, porque é o tipo de coisa que eu faria com você, minha mãe faria com o amor dela, parece que as mulheres de minha família quando encontram alguém que as fascina se atiram sem rede de proteção.

O neto anotou as confidências que aqueceram durante anos suas fantasias adolescentes e entregou para a filha Julie, a última vez em que ela esteve em Rabat. Mês passado. Por isso a curiosidade dela em me conhecer, depois de me achar a partir da grafia do meu nome, do nome da irlandesa: Eilenora.

Ela confiava nele como uma criança confia em quem ama. O pai de Julie anotou essa frase. Não é coincidência demais?

Julie contou lindamente essa história de amor. Na mesma noite, tentei reproduzir para minha prima, mas não consegui.

Sim, porque acabei deixando minha prima ficar comigo, apesar da sua bagunça e sua falta de cuidado. Vou acabar dando porrada nessa garota.

Pimenta

Minha prima está hospedada na minha casa. Hóspede. Defini soletrando, sílaba por sílaba, para não restar dúvida. Eu que tive minha cabeça trabalhada por terapeutas diversos, todos com base analítica, sinto a tentação de achar que recebi minha prima porque ela brigou com a mãe. Vingança contra minha tia. Mas não foi. Recebi porque estou precisando de dinheiro e ela ofereceu um trocado nas despesas. Vou separar o dinheiro para viajar, passar o mês inteiro de férias, na Turquia. Bem longe de você e de sua ausência que, nesse momento, parece definitiva porque deixei de suportar os seus esquemas de frio, quente, quente, frio.

Minha prima é bagunceira, folgada e mal-acostumada pela mãe que acha normal suportar que ela, aos 22 anos, acorde a hora que bem entende, com um mau humor do cão e fique até meio dia sem dar uma palavra ou, o que é pior, dando patada em quem chega perto.

No sábado, liguei o iPod na sala, como faço sempre, para escutar música ambiente, o que não me desconcentra, só música direta nos ouvidos é que me afasta do desenho, liguei o aspirador e comecei a arrumar a casa para trabalhar. Ela teve o atrevimento de criar caso comigo, toda descabelada, "parece maluca, garota", ela disse, "que barulheira é essa, quero dormir, que horas são?".

Vê se pode, está pensando que está na casa da mãe! Passei o aspirador nela que fugiu de volta para a toca. Meia hora depois, apareceu de banho tomado, perguntando se podia pegar minha bicicleta emprestada. Voltou vermelha de sol e com uns filés de peixe congelado que fez carregado no curry, com arroz meio duro e salada. Comi sem protestar, uma briga por dia está bom para mim, consegui rabiscar muita coisa hoje e ela, quando chegou e viu os desenhos, parou, olhou, fez comentários interessantes.

Ela sempre gostou de quadrinhos, entende, sabe avaliar. Não sabe cozinhar, é verdade, não entende que pimenta indiana não é sal e mesmo que fosse não seria para derramar em cima de óleo quente. Mas deu bons palpites e, principalmente, gostou dos meus personagens e das situações. O que mais eu posso querer da vida além de elogios e flores? Você.

Ladrilhos

É fácil para uma mulher trair um homem quando existe alguém por perto capaz de amá-la mais e melhor. É o que aprendi, ouvindo a versão brasileira da história de minha antepassada.

Fui a Botafogo, ao apartamento de Dona Mezinha, uma velhinha de 94 anos que está numa cadeira de rodas, mas lembra bem de minha mãe que conversou com ela grávida de mim. Lembra também da prima, a filha caçula de Eilenora, de quem guardou a foto. Chamava-se Meab, a contagiante, quer dizer, esse era o apelido que a mãe lhe deu. Era minha tia-avó.

Devo o levantamento dessa pista à minha prima que conseguiu, pela Internet, os caminhos, depois de ter catalogado foto por foto da minha mãe, nas caixas que encontrou nos maleiros do armário. Minha prima não é tão inútil.

Do pouco que conseguimos apurar, o que se soube, na época, do romance proibido, soube-se por causa de um ladrilho que chamamos de azulejo hidráulico. Mesmo assim, só quem sabia era a filha caçula, Meab. Foi ela que contou para Dona Mezinha. Mais tarde, quando a mãe Eilenora, minha xará, já estava morta.

Meses depois que chegaram ao Brasil, Meab comprou um ladrilho e pediu a um dos irmãos para assentá-lo na parede ao lado da cama onde dormia com as outras meninas. Comprou juntando os tostões que suas irmãs lhe davam, aos sábados, quando recebiam a semana na fábrica. Era sua função ficar em casa com a mãe, lavar as roupas das irmãs mais velhas. À noite, quando a mãe foi rezá-las e viu o pedaço de louça com as figuras quase chorou.

No dia seguinte, perguntou à mãe o que tinha achado de sua compra e recebeu uma longa explicação, quase em transe, sobre a geometria das formas e sobre a riqueza do povo que havia inventado a louça que ela comprara só para enfeitar a feia parede da casa emprestada pelos parentes que os acolheram.

Dali em diante, passou a espreitar a mãe para descobrir o que a fazia ensimesmada durante o dia, parada com a mão no ferro alimentado pelo carvão que um dos filhos casados trazia no final da tarde, quando acompanhava as irmãs até a casa. Enquanto passava as roupas das filhas que estavam na fábrica, ela ficava olhando para a parede cinza, suja, para o ladrilho, como se a parede estivesse toda coberta de figuras iguais.

Um dia, ela descobriu que a mãe escrevia num caderno trancado a chave, depois que as mais velhas saíam para o trabalho, antes dela, a caçula, acordar. A mãe aproveitava aquela meia hora a mais para escrever. A filha levou oito anos para conseguir pôr a mão na chave. Só conseguiu às vésperas do casamento da irmã mais velha, quando a mãe caiu doente, de uma febre que a acometia todo final da tarde e que se revelaria, para os filhos, a tuberculose que a levou para sempre, pouco depois do casamento.

Na véspera, a febre subiu muito e Meab interrompeu os preparativos, se trancou com a mãe no quarto, encostando lençóis frios no corpo nu. Tirou a chave para que os panos ficassem confortáveis no pescoço. Não resistiu a abrir a caixa, enquanto a mãe dormia, num sono inquieto. Seu medo, enquanto percorria o caderno rápido, era o de que uma das irmãs entrasse no quarto e a pegasse espionando a mãe. Depois que começou a ler, o medo passou a ser que um dos irmãos colocasse as mãos no caderno e testemunhasse as recordações dissolutas que não combinavam em nada com a mulher de 52 anos, cabelos brancos, vestidos sempre escuros que eles chamavam de mãe.

Ele havia contado para Eilenora da simetria dos azulejos e de outras invenções árabes enquanto riscava seu corpo com geometrias imaginárias.

Se o marido não tivesse decidido contratar a troca do chão do seu escritório e se alguém não tivesse sugerido o nome do artesão e se o artesão não tivesse tido a audácia de olhar os tornozelos da mulher do patrão, sorrindo, e se o artesão depois de se deitar com ela por sobre os azulejos não tivesse lhe contado histórias de cálculos, invenções e viagens e não tivesse lhe mostrado o caderno onde desenhava seus sonhos...

Eles não teriam emigrado. Se nada disso acontecesse, ela não teria comprado o caderno antes de sair da Espanha onde morava com o pai deles, não teria atravessado o mar em direção às Américas, permaneceria infeliz e sozinha junto a um homem que não a amava. Mas eles teriam uma casa deles, sem que precisassem trabalhar 14 horas por dia nos teares. Não ficariam por seis anos num lugar de empréstimo, antes de construir uma casa para eles, no terreno dos parentes que chegaram antes.

A mãe escrevia porque o caderno trazia de volta os olhos cor de mel, o sorriso, as mãos compridas e magras, a cadência da voz dele falando a língua do marido que ficou para trás. Meab contou para Dona Mezinha, muitos anos depois, como sentira calor e escândalo de ver como aquele amante fora mais importante do que conforto e amparo. De certa forma, aquilo era uma traição a eles, aos filhos, porque o amante fora mais importante do que tudo o que eles teriam tido se ficassem na terra deles.

Naquela noite, véspera do dia do casamento da irmã, Meab sentiu alguma culpa por ter comprado o ladrilho que contribuiu para trazer o amante de volta, quando seu rosto estava se esvaindo, esvanecendo na memória da mãe.

Eilenora, provavelmente, olhava o ladrilho na parede todas as vezes que acordava as filhas ou as rezava de noite e pensava que a falta que sentia do breve encontro dos dois era boa porque, pelo menos, provava que o encontro existira.

Quase não existiam referências ao marido, ao que deixara para trás. Era como se a vida se dividisse em deveres antes de encontrar aquele homem e deveres depois que ele partira e, no meio, o jardim de delícias que tinham vivido os dois.

Pelo que Eilenora escrevera, haviam conversado muito, nas tardes em que passaram trancados entre azulejos. Ela lhe contara de sua crença nos deuses antigos, ele lhe falara dos números que descreviam a natureza e de seus planos de correr mundo e acumular dinheiro. Ele, que não acreditava em nada a não ser no corpo, na mente e na alegria, a contaminara com a vontade de viver.

Nos últimos dias, já tomada pela tosse e pela febre vespertina, Eilenora escreveu que vinha pedindo aos seus deuses, todos os dias, que afastassem dela a intriga, a inveja, a desaprovação.

O restante já tinha recebido. Saúde e trabalho para os filhos. Amor. Conseguira até ser poupada, depois da casa nova construída, das atitudes da desaprovação inevitável, quando se depende de pessoas e, de uma hora para outra, se supera a dependência.

Algumas vezes, a alegria aprendida com ele era quebrantada porque a vida continuava muito dura. Muito trabalho, muita dor por causa das coisas que ela não conseguia evitar, mas nada nessa luta diária se comparava à vida cinzenta de onde escapara. Eilenora, às vezes, caía na armadilha de lembrar da reprovação do marido, dos parentes do marido, do tempo sem ouvir ninguém que compreendesse o que dizia e aí ela escrevia no caderno e era como se estivesse no próprio colo, ela mesma se abraçando dando palmadinhas nas próprias costas, como fazia com as crianças quando eram pequenas.

No final da vida, quando começaram a febre e a tosse, resolveu poupar esforço e se incomodar menos com o que não funcionava, o que a exasperava. Na base do corte, claro, a melhor opção de sobrevivência.

Nunca cortara da vida, no entanto, o amor distante. Ele se tornara quase um amuleto, um talismã, o que despertou na filha uma onda de ciúmes.

Meab terminou de ler quando o dia já amanhecia e a mãe respirava mais tranquila no seu sono. Trancou o caderno na caixa, colocou a chave dentro do camafeu que fora da avó e que Eilenora trouxera da sua ilha, prendeu de novo o cordão junto ao corpo da mãe e foi cuidar de seus afazeres de irmã da noiva.

Dias depois, Meab foi morar na casa da irmã. Quando a mãe se despediu dela, acamada como estava, com um abraço sem forças, Meab disse baixinho: eu sei.

A mãe fez um esforço para tirar o camafeu do pescoço e colocar no da filha, que precisou se abaixar para ouvir o que ela dizia.

— Aqui faz sol todos os dias, como suponho faça sol na terra quente e seca de onde ele veio. Você sabe, minha filha, de vez em quando, sonho acordada de que um dia suas viagens o tragam a minha porta. Mas isso não vai acontecer, eu sei.

Eilenora sorriu para ela e, por um momento, era a mulher amada por um homem sonhado, estrangeiro. No dia seguinte, morreu.

A caçula pressentiu que morria de tristeza, além da tuberculose. Leu mais uma vez o caderno e queimou o passado.

Anúncio

Para se perder do meu desejo, um homem precisa apenas anunciar que não me quer mais e que ama outra mulher.

Para me perder, alguém a quem eu tenha amizade precisa apenas compactuar com injustiça e não reagir quando eu for prejudicada seriamente.

Para me ganhar, na cama e fora dela, basta desejo de estar comigo, caráter e consistência. Eu preciso ser desejada e preciso admirar.

Isso faz de mim uma mulher fácil, complicada, cara, esquisita?

Estou me sentindo sozinha. Deveria colocar um anúncio no Par Perfeito? Ir atrás de amigos de amigos no Facebook? Demorar nos bares até alguém me levar para casa?

Posso mudar de país, por uns tempos. Quando levei Julie ao aeroporto, ela me convidou para visitá-la, em Toulouse, onde mora, ou acompanhá-la até Rabat, no Marrocos, onde está seu pai.

Meu chefe me apresentou a um editor de *graphic novels*, me chamou na sala dele e disse para a visita que eu era a ilustradora da equipe nas horas vagas, mas meu trabalho de verdade era desenhar histórias o tempo todo. Não sabia onde me esconder, quer dizer, há meses, estou desviando um pouco, a cada dia, da energia criativa do trabalho e ele sabia. É esperto. O editor me convidou para ir até o escritório dele semana que vem, quase recuei dizendo que não tinha o que mostrar, mas decidi organizar esse caos e aceitar a sorte.

Não é engraçado que a decisão de não ir mais atrás de você coincida com esse convite? Como se deixar de correr atrás de você, uma coisa que me mata por dentro, me desse sorte e me puxasse para fora.

É uma violência contra mim mesma não pegar no telefone e lhe contar da apresentação. Porque você me daria boas ideias, apreciaria as minhas, criticaria as incoerências do projeto, você faz de mim uma pessoa melhor. Quando não está empenhado em demonstrar que não servimos um para o outro.

Violência

Sou uma pessoa péssima para ser abandonada, sou uma pessoa péssima para ser malcuidada, péssima para ser subestimada. Porque essas três coisas despertam em mim um impulso homicida, uma coisa só aplacada com a destruição. Ou seja, quando me abandonam, cuidam mal de mim e, ainda por cima, me subestimam, a minha tendência é destruir a imagem de quem faz isso, retirar toda a admiração, respeito, carinho, cuidado, confiança que porventura existisse.

Essa destruição de afeto me faz mal porque destrói, junto, a minha confiança nas pessoas. A minha capacidade de gostar delas. Isso é muito ruim.

O bom, o muito bom de eu ter um prazo para apresentar o *storyboard* é que isso me obriga a ser completamente egoísta. Minha prima está triste? Sinto muito, mas preciso me concentrar.

Você não me escreve? Paciência, ainda bem que tenho em que trabalhar. Só isso me distrai da raiva que me dá de você ter me abandonado. Não me consola saber que estou abandonada porque desisti de ficar à disposição dos seus humores. Me abandonou e ponto. Seria tão simples nós estarmos juntos, mas você não quis. Porque não sou forte o bastante para os seus esquemas frios e solitários. De gringo, geek e general internáutico. Odeio você.

Por algum motivo, observo que muitos não respeitam pessoas que não sabem atacar com precisão e não se defendem direito. Você não respeita. Pelo menos, não me respeitou — no sentido de temer, de tratar bem porque tivesse medo de perder ou de virar corno.

O que você não tem ideia é de como o dano é enorme. Porque subestimadas as pessoas que não sabem se defender, como eu, se deformam.

Isso é o que está acontecendo comigo em relação a minha prima. Ela me irrita, me irrita, me irrita, mas não sei retrucar civilizadamente, vou acabar estrangulando essa garota, numa daquelas brigas horríveis da nossa infância.

Ela arranjou uma namorada nova, a Ingrid, e já trouxe aqui para casa, no mesmo dia, do jeito que eu tentava fazer com minha mãe e não conseguia porque ela dizia que lugar de não namorado é em motel. Acordo e encontro uma desconhecida na cozinha, podia ser uma assaltante, mas não era, era a ficante que minha prima conquistou na noite anterior e trouxe para casa.

Difícil para mim enquadrar minha prima. Não sou mãe dela, não quero parecer homofóbica, mas trazer uma desconhecida para a casa onde ela é hóspede? Ainda mais eu fissurada em transformar 56 personagens em 12, 88 situações em 22 sequências, além de trabalhar oito horas, pelo menos, por dia.

A garota é simpática, se apresentou, pediu desculpas, com o rosto vermelho, estava procurando uma frigideira para fazer umas panquecas, sua especialidade, e uma bandeja para levar café na cama. Ficou mais vermelha ainda quando disse isso.

Estou com inveja, pensei colocando a cafeteira para funcionar, nenhum homem vai fazer isso para mim. Panquecas, suco de laranja, chá de hortelã e torradas. É verdade que ela está fazendo uma bagunça bem masculina na minha cozinha, mas eu deveria considerar a possibilidade de trocar de time? E, principalmente, esquecer você e sua falta de cuidado, para sempre?

Essa é a parte fácil da história. Triste, invejosa, mas fácil. Duro foi tentar dar um toque na minha prima para não trazer gente para minha casa.

Não dá para reproduzir a audácia de resposta. Ouvi de tudo, conforme imaginei, de invejosa a homofóbica.

É lamentável, mas não consigo deixar de pular em cima quando descubro que armaram com falta de cuidado e subestimação para mim. Porque ela sabe que não consigo colocá-la para fora agora. Ela sabe que estou mexida em descobrir que fui uma bruxinha com minha mãe ou pelo menos minha mãe pensava assim. Ou seja, estou numa fase de abrir mão de sentir sangue nas garras.

Tentei submeter minha natureza, mas fazerem de mim saco de pancada faz com que minhas garras se afiem. Brigamos quase aos tapas e acabamos chorando as duas, cada uma no seu quarto, os soluços sendo ouvidos pelas paredes.

O pior é que pressinto que essa violência é transmissível. O que é uma pena.

Fogo amigo

Eu já assisti a muitas maneiras de prejudicar pessoas sem necessidade. Muitas. Mas, a cada vez, fico chocada. Porque existe prejudicar pessoas com necessidade. Se alguém precisa de uma coisa e a única forma de conseguir é prejudicando outra pessoa, por mais que não se concorde com o motivo, existe alguma lógica na ação. Mas prejudicar por capricho e, especialmente, prejudicar quem acolhe me parece medida, antes de tudo, de mediocridade.

Leio o que acabei de escrever e comparo com o que minha mãe escreveu a meu respeito, a respeito dos amores dela e fico em dúvida se eu não entendo o que é combate ou se ela combatia sem saber que estava combatendo.

Minha mãe não entendia que pessoas, às vezes, discordam das outras e punem. Eu fazia isso com ela, eu sei. Quando não atendia aos meus desejos. Ou quando me recusava a seguir o caminho que ela sugeria, indicava, mandava. Não concordava com sua opinião. Tudo isso fazia parte, ela suportava bem diferenças.

Mas ela não suportava punição. Isso a derrubava. Tento me defender para mim mesma: eu punia, mas eu só tinha 16, 17, 18 anos. O que é duro de reconhecer é que eu punia minha mãe pelas divergências e punia porque ela me amava demais, se entregava demais e aquilo me irritava porque, por pior que eu me comportasse, ela brigava, mas continuava se entregando.

Depois eu pedia desculpas, não sei se abertamente, mas pedia. Mas parece pelo que ela escreveu, que minhas desculpas não adiantavam mais. Já haviam tirado pedaço. Ler sobre isso, agora que tenho 29 anos, 29, não 30 ainda, como quer minha tia, me entristece.

Fui procurar o ex-chefe da minha mãe. Ele é baixinho, amarelinho, com um olhar safadinho que se pretende simpático. Eu fui simpática.

A vantagem de ser jovem, ter sido estagiária, depois trainee, depois efetiva numa grande empresa, ter passado por quase todos os setores de comunicação de ponta, é que a gente aprende a ficar dizendo "é mesmo, que interessante", "é verdade", sorrindo para homens que fazem de conta que não estão olhando, mas estão olhando para a bunda da gente como se nunca tivessem visto uma bunda de mulher coberta com uma calça jeans. Ou por um vestido. Porque eu fui de vestido. O mais formal que consegui no meu guarda-roupa.

Ele lembrava da minha mãe, ora que coincidência. Disse que ela tinha um gênio forte, num tom que era como se dissesse "uma doença contagiosa e grave". Deu um risinho quando acrescentou: fui muito maltratado por sua mãe, você nem imagina.

Ele dizia isso, olhava para os meus seios, e eu o desenhava em pensamento (maldita mania) como um comandante robótico encarregado de combater os remanescentes da espécie humana. Inspiração: livro de bolso sobre espiã francesa combatendo nazistas, *O exterminador do futuro*. Nada de *Blade Runner* ou *A outra face*. Esse cara é simples demais.

Depois que ele me enrolou durante meia hora falando dos seus tempos de glória, me deu o nome do ex-aluno dele que apresentou minha mãe para a vaga. "Sua mãe estava precisando de um emprego fixo e meu ex-aluno sempre foi um cara muito solidário."

Esse cara deve ser a única pessoa do mundo que se refere a minha mãe como alguém que maltratava os outros e precisava muito de emprego. Ela estava sempre ocupada, ganhava dinheiro o tempo todo, não muito, mas o bastante para nós duas. Além disso, minha mãe não espezinhava ninguém. Ela atropelava as pessoas nos seus momentos de raiva, mas era um ataque claro, direto, com direito a réplicas nem sempre tão leais quanto as labaredas dela.

Política de humilhação. Foi ela ou eu quem usou essa expressão? Definição boa para o que ele pratica.

Dezembro de 1999

A canção de criança diz que o primeiro foi seu pai, o segundo seu irmão, o terceiro foi aquele que Teresa deu a mão. Qual deles é o meu amado?

Hoje, François me acordou, por telefone. O único homem, dizem as cartas de tarô, capaz de me tirar de você. Ele é muito doce e convicto de que me deseja ao seu lado e age como se isso bastasse.

Num certo sentido, basta, porque gosto muito de me sentir querida, requisitada. Nada dessa modernidade que deixa nós mulheres solitárias como os homens e, ainda por cima, cuidando de todos, como mulheres. Ele me requisita, quer cuidar de mim, diz, quer me levar para viajar, conhecer outros mundos. Vou?

Deveria me preocupar em deixar minha filha de lado, como estou deixando esses dias em que me afastei para pensar em como faço para deixar o homem que mais amei até hoje. Mas, desde que ela nasceu, tento que ela cresça como uma mulher que pode contar comigo, mas que não dependa de mim.

Sei que muitas mulheres têm medo - talvez em especial as que aprontaram muito na juventude, como fiz - do que o destino reserva aos seus filhos. Procuro não pensar nisso.

Vejo amigas minhas protegerem os filhos de contrariedades, aceitarem grosserias inacreditáveis, negociarem com eles como se fossem príncipes encantados ou potentados de que elas dependessem para tudo. Fazem isso, dizem, porque querem que os filhos sejam felizes, têm medo de causarem a infelicidade dos filhos. Eu sei que não tenho esse poder. De garantir felicidade a minha filha, de impedir que ela seja infeliz. O que posso fazer é ensinar minha filhinha a lidar com o mundo como eu lido, a amar como amo, a fazer burradas parecidas. Porque é isso o que ela vai aprender comigo. O que sou e o que sei. Pode rejeitar, pode copiar, pode fazer diferente, mas só tenho isso para oferecer.

Ele me ligou hoje, o homem que disputa com meu amado. Ele quer viajar comigo, como um dia nós fizemos. Só que ele não propõe uma viagem curta. Se for, não volto mais.

TRIBO

ESTOU CONVENCIDA DE QUE algumas pessoas aprendem pelo conhecimento, outras pela experiência. Estou no primeiro grupo, o de, talvez, covardes, quem não precisa experimentar a ressaca para temer a bebedeira. Negocio com o desejo e a perda o tempo todo, para evitar o desastre que espreita minha natureza vulnerável e passional. Os meus cortes nunca são, portanto, totais. Vou aos poucos, porque não aguento muita coisa. Não mais.

Ontem, estive com meus primos que cresceram pessoas agradabilíssimas capazes de resolver coisas importantes quando aparecem coisas importantes em comum. Foi uma ocasião alegre, afetuosa, calorosa como convém a pessoas pragmáticas, bem-sucedidas. Eles fazem de conta, em público, que minha prima não tem uma namorada, que o casamento do mais velho não está fazendo água e que não estão sofrendo com a separação dos pais. Eu sou a escandalosa nessa família.

Eles não sabem se estão gratos por eu hospedar a irmã durante a breve rusga com a mãe ou se estão agastados porque as divergências ultrapassaram os muros.

Depois uma das primas me telefonou para conversarmos sobre o que eu achei realmente do encontro.

O que eu achei?

O que está sendo perguntado? Se eu posso confiar na interlocução? Acho que não. Não confio nela, inclusive. Porque não confio inteiramente em pessoas injustas. Porque naquela reunião estavam pessoas que já empurraram cabeças precipício abaixo, inclusive a minha. Empurram a cabeça dos outros precipício abaixo por motivos variados. Por birra, rancor, desespero e, também, por menosprezo. Isso para mim é terrível. Subestimar necessidade.

Não cometeram nenhum crime, mas já viraram as costas a pessoas (inclusive a mim) porque estas se embebedaram numa festa de família e foram inconvenientes. Já deixaram de falar com parentes que deviam dinheiro porque julgavam que eles eram absolutamente incompetentes perante a vida. Já torceram contra gente próxima que tachavam de maluquete. Não posso nem fazer a lista inteira porque me lembro deles me acusando, na adolescência, de ficar lembrando quem bateu em quem. Detalhe sem a menor importância, claro. Para quem bate, não para quem apanha.

Minha tia defende que o passado deve ser deixado para trás, mas e se eu quisesse juntar os pedaços da minha existência? E se quiser, um dia, escrever um filme autobiográfico? Além do mais sou curiosa de nascença. Quem é o tal do François?

Existe outro motivo para eu não confiar neles, apesar da conversa tão boa. Eles são da minha família, mas não são da minha tribo. São ajustados demais, espertos demais, são capazes de não se indignar com pessoas que menosprezam quem é mais vulnerável, convictos de valores que não correspondem aos seus padrões.

Não levavam a vida tão a sério. Precisei ficar longe deles para entender que a leveza, às vezes, se confunde com superficialidade.

Não tento explicar para meus primos o quanto acho estranho eles fazerem piadas quando pessoas inadequadas se dão mal ou, o que é pior, o quanto eles evitam pessoas inadequadas porque nunca consideram a hipótese de que pessoas fora da régua possam contribuir com eles.

Estou sendo intolerante. Mas o ex-chefe da minha mãe me irritou muitíssimo. Não saber quem é o François me irrita. Trabalhar oito, dez horas por dia, desenhando detalhes do trabalho dos outros, enquanto o meu trabalho cresce como massa crua de pizza dentro de mim, me irrita. Mesmo que meu chefe esteja sendo generoso e fazendo de conta que não vê que rascunho meu projeto enquanto faço o que não pode deixar de ser feito, tenho que entregar a tarefa. O que significa que em vez de trabalhar oito, dez horas, estou trabalhando 14 e ainda tenho que, ao chegar em casa, incorporar (ou não) ao roteiro os personagens saídos do mundo da minha mãe, da tataravó irlandesa, preciso colocar na boca dos personagens o que eu gostaria de dizer para você. Senão, a massa vai murchar e vou ficar mais do que irritada, triste. Além de tudo, a saudade de você também me deixa zangada. Esquisita, esquisita, esquisita.

Mas eu vou descobrir tudo, nem que tenha que procurar pelo Rio de Janeiro inteiro nem que para isso precise expor minha curiosidade ao preconceito alheio. A minha tribo não vive em reserva. Por isso está em extinção.

Meu amor, meu amor, meu amor,

A gente dormiu junto ontem de novo, depois de você me dizer que me ama, que eu sou definitiva na sua vida, que você quer me comer sempre, que não pode me ver sem me desejar, que sou a pessoa que você mais admira na vida. Depois de contar que andou de caso com aquela piranha da Célia (que ódio!). Depois de pedir desculpas de contar sobre a Célia quando eu te perguntei se queria detalhes sobre o francês com quem estou envolvida desde o tempo em que você me deixou solta, na pista. Depois de dizer que está com câncer. Depois de dizer que não transa com ninguém.

Isso me deu um tesão tão grande, quase subo na mesa para agarrar você. Fiel como uma mulher. Dizer isso para quem acredita em reencarnação, como acredito, é muito excitante. Posso ter sido, um dia, seu homem. Não seria engraçado, inusitado, logo eu - submissa aos seus caprichos como sou, meu sultão, meu tirano - ser homem, de vez em quando, na nossa cama?

É quase inacreditável que você tenha vindo a minha casa e se oferecido a mim. Das outras vezes que você voltou, eu ainda perdia tempo fazendo o inventário dos seus malfeitos. Houve época em que passei a não me importar mais se voltaria ou não. Aconteceram momentos, longos, em que cansei dos seus surtos de frieza.

Existiram períodos ainda piores. Os iniciais, em que a cada volta eu acreditava que era para sempre, que um amor como o nosso não acaba e, por isso, você estava ali de novo. O seu amor não acabava, apenas não permanecia. Era apoteótico quando me buscava no aeroporto, quando esperava paciente que eu acabasse meu trabalho para tomar meu corpo, encostado na parede, entre as máquinas e os telefones tocando, quando me levava de surpresa para um lugar especial entre montanhas frias. Mas, no dia seguinte, você tinha outros temas, outras pessoas, outras preocupações, como se não existissem confidências, partilha, orgasmos e labaredas.

A boa ação amorosa da minha vida é nunca ter abandonado o meu amor por você ou negado meu corpo, minhas garras, minha ira contra a desfaçatez com que você exerce os próprios defeitos.

Por que você continua longe de mim? É porque você acha que eu lhe coloco em xeque o tempo todo, como afirmou? É porque não gosta muito de sexo? Porque se gostasse, do jeito que a gente faz amor até se acabar, você não vivia desse jeito. Mas você gosta de sexo comigo, eu sei. E de conversar e de estar perto.

Ainda bem que eu não disse amo você também. Ainda bem que não contei da saudade desesperada que senti do seu corpo. Ainda bem que não desisti de fazer meu retiro em Penedo para ficar com você no Rio, trancados os dois em casa, transando na frente do espelho. Porque você não abriria mão do seu esquema confortável por dois dias inteiros e preciso resolver que resposta dou ao François. Ou como conto a ele que você reapareceu.

Vou a Penedo, mas segunda-feira volto para você. Desde que você também volte para mim, meu amor, deixa eu provar que sou capaz de mudar meus padrões. Mesmo que você não seja capaz de mudar os seus.

Muralha

Podemos sentar aqui? Se você quiser, peço uma mesa lá dentro, mas aqui é melhor por causa da vista. Você conhecia? Eu gosto muito da Urca e aqui a vista é ótima, a cerveja, gelada e a comida, honesta. Você quer beber alguma coisa? Eu vou tomar uma cerveja, confesso que esse encontro me deixou um pouco ansioso. Achei melhor marcar com você aqui, depois do seu telefonema. Na minha casa não teríamos privacidade. Minha família faria perguntas, algumas coisas prefiro guardar para mim. Poucas vezes eu imaginei um futuro com sua mãe. Por quê? Não sei bem. Acho que porque nós só nos encontrávamos em ilhas, como ela disse. Claro que eu tenho todos os arquivos. Ela me enviava, era uma mulher muito generosa. Não, eu concordo com você, ela não maltratava ninguém, é maluquice dele. Está certo, você tem razão, a gente diz que a pessoa é maluca para não dizer que é filha da puta, escrota como vocês dizem. Eu tenho filhos da sua idade, mais velhos aliás, quantos anos você tem, 25? Quase trinta. Você não parece ter 29 anos, outra semelhança com sua mãe, ela não aparentava a idade. Eu não sou ex-aluno dele, ele foi meu monitor, numa disciplina na faculdade de engenharia. Apresentei sua mãe a ele para que ela contribuísse com o que ele pretendia fazer, para que o talento dela agregasse valor ao que ele fazia. Foi ao contrário do que ele disse. Talvez a falta de preocupação de sua mãe com o fato de não ter uma renda fixa me deixasse aflito. Eu achava importante ter um emprego fixo, naquele momento estava pensando em assumir alguma coisa mais firme, mais definitiva com ela, ele pode ter captado isso, mas nunca pedi a ele um emprego para sua mãe. Ela não precisava disso, você tem razão, não precisa ficar zangada. Indiquei sua mãe por instinto de proteção e vontade de ter ela por perto.

Sua mãe eu conheci no Bar das Freiras, na PUC-Rio, um bar que fica... ah, você estudou ali, conhece. Pois é, ela estava ali, toda bonitinha, perna cruzada, balançando o pé, era impaciente sua mãe. Atrevida, atacada, algumas vezes, mas, principalmente ansiosa e impaciente. Talvez essa tenha sido uma das razões porque não ficamos juntos. Outras mulheres lidavam melhor comigo, tinham mais paciência com minhas características, ela não tinha nenhuma. Pulava em cima, esfregava na minha cara os meus defeitos, não brigando, não, mas dava para saber pelos olhos dela, pela ausência de sorriso que ela estava registrando as desatenções, o egoísmo, o meu apego às convenções. Eu não ia mudar, não queria mudar, era feliz do meu jeito. Existia quem me aceitasse do jeito que eu era.

Nos conhecemos, ela não me levou a sério, foi embora, casou com seu pai, separou, eu casei, separei, casei de novo, nos reencontramos, pensei em começar tudo de novo, com ela, mas não queria mais denominadores na minha vida, ela desistiu de mim, apareceu esse tal François, fiquei com ciúmes, adoeci, voltei para ela. Recebi esse e-mail que você me mostrou, na sexta-feira, pela manhã, antes de ela ir para Penedo. Na segunda, ela não me procurou, era sempre ela que ligava, não tinha paciência para esperar que eu a procurasse. Não ligou, de tarde recebi a notícia do acidente. Da morte.

Provavelmente, não teríamos ficados juntos. Quando eu estava com ela, dizia, você é a mulher com quem eu quero morrer. Não vou ter mais nenhuma mulher na minha vida. Mas quem morreu foi ela. Muito triste. Não chore, por favor, não chore. Lágrimas me lembram as vezes que sua mãe chorou de raiva, por mim, das vezes em que chorei de júbilo por ela. Você pode não entender, mas o nosso amor não merece lágrimas. Sua mãe foi o sentimento mais perto do amor total que eu conheci na vida.

Duas mulheres

Encontrei François. Minha prima encontrou. Na Internet. Encontrou a empresa onde ele trabalhou, entrou no LinkedIn, achou a empresa onde ele está agora.

Minha prima fez isso depois que cheguei em casa com o rosto inchado de chorar. Por causa da conversa com ele, o homem que vou manter sem nome, de vingança, por ele não ter ido a Penedo, não estar dirigindo o carro com mais competência do que as barbeiragens dela, não ter impedido que ela chorasse escondido por ele, como se fosse uma sereiazinha sem voz, uma menina dos fósforos com frio, se eu pudesse eu estapeava o cara, como estapeava você que está fazendo o mesmo comigo, como o tal ladrilheiro fez com minha tataravó, quem tem razão são as autoras do livro. Homem é tudo palhaço.

O François não é.

Conversei com ele pelo Skype, nós dois de webcam. Ela teria casado com ele se não fosse aquele acidente idiota, comprovadamente provocado pela incompetência dela ao volante? Para que a ideia maluca de dirigir Rio-Penedo-Rio, se todo mundo, ela inclusive, sabia da motorista lenta e medrosa que ela era?

— Liguei para sua mãe durante três dias. No terceiro, uma mulher atendeu, se identificou como irmã dela, me deu a notícia. — A voz dele caiu um pouco nesse ponto. — Eu tinha certeza de que só uma coisa grave impediria que ela me respondesse.

— Ela não podia estar com medo de dizer não a sua proposta dela ir embora, sair do Brasil?

— Nunca. Sua mãe não tinha esse tipo de insegurança. Ela diria diretamente.

— Mesmo que houvesse outro homem envolvido?

— Não existia outro homem. Ela tinha me garantido isso. Houve um, antes, suponho que um homem importante para ela, além do seu pai, é claro. Talvez outros, encontros passageiros. Mas nós não falávamos sobre outras pessoas.

— Então podia existir outra pessoa, ela podia esconder isso de você, podia jogar para manter você na fita.

Por que eu estava tentando convencer o cara, 11 anos depois, que uma mulher morta podia ser traíra, ainda mais essa mulher sendo minha própria mãe?

— Sua mãe não jogava. Era a coisa que mais me prendia a ela.

Aí, eu desliguei a minha câmera. Dei a desculpa de defeito. Fiquei só olhando e ouvindo.

Ele ainda é bonito. Está envelhecendo bonito. Estudou nos Estados Unidos, foi *quarterback* de futebol americano, fez dança de salão quando morou no Brasil, tem um rosto sério, de sorriso lento, lábios cheios, levantou para beijar o filho quando chegou, numa determinada hora, me apresentou como a filha de um grande amor, uma brasileira linda, pena que ele não pudesse me conhecer, disse para o filho, a câmera pifou. Sentia uma descrença risonha no verbo. Como se ele soubesse que eu não queria ser vista, mas não se incomodasse.

Contou que levava minha mãe para dançar, que era sempre ele que ligava para ela, era quem convidava para sair, mas se sumisse por uns dias, para intimidá-la, deixá-la ansiosa, como fizera com outras mulheres antes, ela enviava um e-mail perguntando se ele estava tão ocupado que já tinha esquecido dos cachos dela, e ele assumia que não, que estava apenas fingindo que podia viver sem ela. Era um homem feliz de encontrar uma mulher que não nutria inseguranças, uma mulher capaz de se deixar amar.

Disse que ela se deixava ficar quieta, escutando, sorrindo para ele, que a abraçava com cuidado, porque tinha medo de assustá-la com o fervor da sua paixão. Foram essas as palavras: o fervor da minha paixão.

Será possível que minha mãe não tivesse decidido, naquele último fim de semana, a ficar com ele? Um homem sólido, apaixonado, generoso, disposto a amá-la e a cuidar dela.

Ele não atribuiria a ela defeitos inexistentes. Não exageraria no que afastava os dois. Não a trairia com outras mulheres contando depois. Não olharia para a bunda de vadias que passassem por ele, na frente dela.

Como você fez comigo, várias vezes. Qual é o seu problema? Você me odeia? Tem arrependimento da paixão que dizia ter por mim?

Desliguei depois de 20 minutos de conversa sobre mulheres completamente diferentes uma da outra. Ansiosa, carente, vulnerável com um. Doce, quieta, segura, com o outro.

O primeiro amor me disse que nunca tinha acreditado num futuro para os dois, mas que ela era uma mulher definitiva.

O segundo a chamou de mulher única, com horror a ambiguidade, incapaz de pressionar alguém para ficar junto.

— Sua mãe era uma mulher de opiniões próprias, mas não me obrigava a concordar com ela.

Ele deve ter sido a única pessoa no mundo a qual minha mãe não tentava obrigar a concordar com ela. Ela tentava, insistia, pegava no pé, fazia tudo para convencer.

Fiz um último teste, antes de agradecer e desligar.

— Você achava minha mãe mandona ou carente?

— Nem mandona, nem carente. Ela era o pedaço perfeito de mim.

Isso foi ácido na ferida. Pedaço perfeito de mim. Quando estive na Espanha — e você combinou de me buscar e não foi, se você pensa que eu esqueci disso, não esqueci, não — um espanhol disse para mim que a maior declaração de amor é: alma da minha alma. E pensar que não fiquei com ele!

Ao contrário de minha mãe, eu sou uma mulher só. Saco!

Veneno

A minha entrada na comunidade dos ex-alunos do colégio onde minha mãe estudou provocou reações inesperadas. Não as protocolares, nas quais as pessoas enviaram fotos maltiradas de churrascos adolescentes. Já tenho fotos ótimas, agradeci, mas as deles não acrescentaram nada. O problema é que naveguei nas comunidades que eles frequentam para saber no que tinha dado aquele pessoal depois dos 18, depois dos 30 e cheguei numa comunidade chamada "Tudo o que você queria dizer e não disse". Fundada por duas barangas que foram colegas de classe dela. Uma fez faculdade junto.

Uma das barangas que alimentam a comunidade "Tudo o que eu queria dizer e não disse" ficou trocando scraps com a outra. Fazendo tiro ao alvo com a minha mãe dizendo coisas do tipo "lembra das coisas que ela não conseguia fazer..." ou "os comportamentos nada a ver?" Havia também "do que é mesmo que ela se gabava tanto...?". Aí vinha uma lista. Eu contei. Elas lembraram de 26 coisas que demonstravam que minha mãe não era tão boa assim.

Parei de ler nesse ponto, meio puta, mas pensando, são duas gordas, malcomidas, coitadas, essas aí não têm um orgasmo há mais de 30 anos, por isso guardam rancores desde essa época.

Dois dias depois, minha prima chegou no meu quarto (ela está dormindo no quarto que transformei em escritório) lívida. Ela me arrastou para a Internet onde estavam mais 12 postagens. Elas estavam na madrugada comparando coisas que nunca tinham dito e gostariam de dizer. Mas o que deixou minha prima — que não conheceu a tia direito, minha mãe morreu quando ela tinha dez anos — fula foi o scrap que dizia que, até na morte, ela tinha subestimado as próprias limitações. Estavam sacaneando a motorista ruim, acusando da própria morte. Como cansei de fazer. Eu sou uma monstrinha, mesmo. Como ela dizia.

Fiquei em dúvida se era o caso de matar alguém ou morrer de raiva, mas minha prima, que é ariana até os ossos, já tinha tomado o caminho da fúria. Estendeu um papel onde estavam impressos nome, endereço, e-mail, telefone, local de trabalho, ela tinha feito um inquérito, uma investigação, preparado as bases para um ciberataque às rotinas das peruas. Provavelmente via Facebook, posts e comentários em blogs. Quanto tempo teria gasto no levantamento? Nem 40 minutos, é uma rata de Internet, uma geek como você. Minha priminha linda!

— Se fosse com a minha mãe...!

Aí eu caí na risada. Porque é tão bonitinho como minha prima considera que a única pessoa que pode bater na mãe é ela e mais ninguém. Ela seria capaz de furar os olhos se alguém fizesse com minha tia o *cyberbullying* que estão fazendo com alguém que não pode se defender. Mas é esse o princípio de quem envenena, não é? Atacar quem não pode se defender.

Resisti a contar para minha prima as confidências dos dois homens. Não quero o que você chamaria de conflito de lealdades. Ela não precisa escolher de que lado fica: o meu ou da minha tia. Porque o François foi claro. Minha tia sabia dele, pelo menos isso. E não contou nada para mim.

Talvez minha prima tenha contado sobre as barangas, espero que não. Não gostaria de ouvir críticas de irmã, do tipo, "se a sua mãe confiasse menos nas pessoas". Eu podia procurar as duas, no dia seguinte, até mesmo naquela hora. Três da manhã. Não era tarde demais e elas mereciam um susto. Mas não me deu vontade. Perguntei para a minha prima:

— Vamos na Pizzaria Guanabara? Me deu foi fome.

— Você espera um minutinho eu ligar para Ingrid...

— Não, não espero. Vamos nós duas e só. Eu tenho o direito de ter minha prima só para mim, de vez em quando.

Ela emburrou, mas foi. Não devíamos ter ido. Porque você estava lá. Com os seus amigos que me detestam, o que me fez começar a desenhar freneticamente, dentro da minha cabeça e depois nos guardanapos, situações horríveis, especialmente com a sonsa da namorada do Rodrigo. Vampira anoréxica. Por que ela sempre quis dar para você, não é? Está na cara, do jeito que ela toma conta da sua vida e manipula as circunstâncias.

Sabe o que me deixa mais desgostosa com isso tudo? Mais do que as duas peruas invejosas que ficam colocando defeito numa mulher que não está aqui para se defender, alguém que não fez nada de concreto contra elas? O que me desgosta, de verdade, é eu ser maledicente com a namorada do Rodrigo enquanto ela faz de conta que não faz nada contra mim. Porque o dia em que você transar com ela, vai ser porque prefere esse tipo de mulher a mim. Você prefere os ossos vampirescos dela às minhas curvas e reentrâncias? Pode ficar com os ossos!

Mas o que não suporto mesmo é o kikikikikiki que ela faz, odeio como ela olha embevecida para sua boca, disfarçando, mas bebendo o que você diz.

Se eu me garantisse de verdade, levantava agora, empurrava essa vadia que se faz de sua amiga, virava a mesa, espantava todo mundo, escorregava no seu corpo, encostava meu rosto entre as suas pernas e bebia você.

Acabei de desenhar isso, na toalha de papel, no pedaço que não está molhado de chope, e minha prima está morrendo de rir porque ela pensa que é ficção, acredita que estou me inspirando em *Minha super ex-namorada*. Nesse ponto lembrei que, no filme, ele fica com a garota normal. Não tem problema, pedi ao garçom outra toalha e desenhei a sequência em que você — que não é um otário qualquer, antes que eu fosse até o fim — me agarrava pela cintura, me colocava deitada na mesa e mandava ver.

E o respeitável público? Aí, eu não sei. Penso que os personagens, os dois, você e eu, nossas máscaras, precisamos mesmo de superpoderes. Para driblar esses obstáculos mesquinhos, do tipo realidade, pessoas enxeridas, escândalo em via pública.

Seu grupo levantou, conta paga, eu continuava a desenhar frenética, me sentindo uma adolescente desprezada, a ridícula da namorada do Rodrigo pendurada no seu braço, à esquerda e no dele, à direita, ô vocação para corno que esse cara tem. Está vendo como estou detalhista? Vou colocar tudo no meu romance em quadrinhos. Tudo.

— Seu ex está vindo para cá — sussurrou minha prima.

Ela gosta de você. Esse é o seu problema. Todas as mulheres gostam de você. Até as que gostam de mulheres. Até as que ainda são de colo, como a filha de dois anos da minha amiga, a que nós fomos visitar um dia.

Levantei o rosto só quando você chegou do lado da nossa mesa. Nos olhamos. Você está lindo. Como sempre. Mais *cool* ainda com esses oclinhos, com seu jeito de quem acabou de chegar de uma conferência sobre o futuro das mídias em... Singapura?

Você olhou para mim. Viu o quê? Uma mulher de 30 anos (29, preciso manter isso na tela, 30 anos é um marco e só em novembro). Sempre que me sinto em desvantagem, minha idade aumenta, é como se fosse pressão alta ou diabetes. Sobem.

Você viu uma mulher de 29 anos que saiu de casa às três da madrugada de sábado para beber com a prima na intenção de não cometer um homicídio internáutico. Cara lavada, acima do peso, dois quilos pelo menos...

— E aí, tudo bom?

Nada bom, tudo horrível, ainda bem que minha prima está respondendo por nós duas, estou mais ocupada em esconder os desenhos mais quentes, mas é inútil, claro, porque você já viu.

— Surto de inspiração na madrugada? — Você tira minha mão de cima do desenho, NÃO ME TOQUE, eu quero gritar, mas a minha coragem só funciona na ficção, e você está gargalhando e concordando com minha prima de que eu sou realmente demais, veja só, é sexy, mas também é engraçado, e a situação está toda ali, caracterizada numa cena só, nem precisa de balões...

Fico me sentindo uma imbecil porque vocês estão falando de mim, seus idiotas, estou aqui, estão vendo, não interessa se são elogios, não quero cumplicidade crítica entre vocês, não quero saber se minha prima transa com mulher e tem namoro sério e fiel com uma que conheceu há duas semanas, não quero saber, fique longe dele... Estou gritando dentro da minha cabeça, mas, por fora, estou impávida, rá, rá, rá, sim, não, é mesmo?

O Rodrigo se aproxima, com a nojentinha pendurada no braço, me cumprimenta com aquela simpatia exagerada que reservamos para as pessoas que não suportamos, lembra você que está na hora, vão perder a carona para Araras, aproveito para embolar os papéis. Você impede.

— Não se destrói uma coisa boa como essa. Isso é para publicar, dividir com os outros.

Você me olhou meio sério, meio trocista, eu devo ter olhado zangada. Nunca mais vou deixar de ser zangada com você.

Domingo

Saímos da Pizzaria Guanabara para o Mirante do Leblon, depois, por sugestão de minha prima, para o endereço de uma das alimentadoras do *cyberbullying* contra minha mãe. Para quê? Não tínhamos ideia. Eu fui porque estava com raiva de ver você com o casal que lhe segue para cima e para baixo, não sei bem com qual intenção. Com raiva de saber que vai rolar Araras durante o dia, churrasco ou feijoada, para a qual, claro, você não me levaria, nem que estivesse comigo. Estacionamos perto do prédio, escutando "Me and Mr. Jones", no som do carro, eu louca por um cigarro, sem saber o que fazer com as fofoqueiras, sem saber por que estava ali, já começando a ficar com pena de mim mesma, quando chegou uma delas. Seis e meia de domingo. Chegou, interfonou, a outra desceu, dormem sozinhas essas mulheres, claro. Acompanhadas por alguém que valesse a pena não pulariam da cama tão cedo. Trocaram beijinhos.

— São gordas. — Minha prima anunciou seu mantra preferido. Ela avalia as mulheres pela massa corporal. Nada justifica desleixo, é sua tese. Mulher gorda para ter sua simpatia precisa de laudos de três endocrinologistas e plano de emagrecimento. Uma generala.

— Você está gorda também. — Eu disse olhando as duas com suas viseiras contra o sol, as garrafinhas de água, as gorduras escapando da roupa. Se minha mãe estivesse viva estaria feia assim?

— É verdade, mas sou jovem, sou bonita e faço sexo.

— Eu estou gorda e não faço sexo. — Lamentei.

— É, e você está ficando meio chata, acho que é por isso.

Nós ficamos quietas, eu pensando em qual seria o próximo passo, minha prima pensando eu não sabia em quê, mas, suponho, relacionado com o que veio a seguir.

— Sabe, Lelê, uma amiga minha viu você na academia outro dia e achou você um chuchu.

Minha gargalhada assustou as barangas. Como uma revoada de pombos na frente dos rostos delas, que recuaram assustadas.

— Você está querendo me converter, garota? Fala sério. Eu quero lá resolver meus problemas sexuais com a sua amiga?

— Foi só uma sugestão. — Minha prima zombou. — Continua nessa mania de só transar com o seu ex que você vai ver só.

— Eu não transo só com meu ex e sabe do que mais? Vamos embora que elas estão pegando o celular para pedir socorro, devem achar que nós somos assaltantes ou sequestradoras.

Uma delas estava mesmo teclando nervosa, desenhei a cena, o filho da mais feia aparecia com vários amigos policiais, cercavam a gente... Mas minha prima já tinha saído com o carro, passou bem perto delas, o pneu em cima de uma poça de lama, tinha chovido durante a noite, a lama sujou as meias, as pernas da que estava no telefone, a outra deu um gritinho, pulou para trás a tempo, minha prima estendeu o dedo, por fora da janela do carro. Malcriada como ela só.

Inspiração

Fez diferença ter encontrado você ontem. Consegui produzir muito, organizar as sequências dos meus personagens, me desvencilhar de alguns, apurar as características de outros.

O casal que encontrei, outro dia, na lanchonete da emissora, os que pensei que eram figurantes, estavam no Oliveira ontem, quando passei de bicicleta, tarde da noite, curtindo minha insônia de mulher solteira e carente. Parei junto deles, estavam sentados na mesinha, dividindo um cachorro-quente, entre um e outro beijo misturado com mostarda e batata palha. Comprei um "podrão" para viagem, cheguei em casa, cortei uma sequência inteira com os dois, resumi numa cena só numa mesinha, ao fundo, um pendurado nos lábios do outro.

Eu gostava de mostrar meus desenhos para você, que dava palpites ótimos, quando estava no *mood*.

Na pizzaria, o melhor de tudo foi você ter ido a nossa mesa, pegar os rabiscos, rir com eles. Não fui eu que pedi para que olhasse. Fiquei com a impressão de que você queria dizer mais alguma coisa, só que isso não tem importância, não faço mais questão do que você tem para me dizer, porque desiste no meio do caminho, como se desse trabalho demais dizer qualquer coisa. Isso que você faz é chato, cansativo.

Prefiro então escrever para você no meu blog secreto, no endereço que só eu e você conhecemos e que está bloqueado para mecanismos de busca. Não é maravilhoso o quanto nerds e geeks como você são capazes de armar coisas legais para gente comum fazer com a tecnologia?

Doze anos atrás, minha mãe guardava, em disquetes, diários sem leitores.

Há cem anos, minha tataravó trazia, num camafeu, pendurado no pescoço, a chave das confidências que ela não tinha com quem partilhar.

Eu guardo minhas observações sobre o que acontece comigo, sobre o que penso e o que sinto, na nuvem e dou um comando para que nem com a varredura criada por gente como você alguém me encontre. A não ser você.

Será que você acessa o meu blog? Será que meu blog, o *striptease* que faço e que você pode olhar, pelo buraco virtual da fechadura, inspiram você? Eu inspiro?

Luz

Algumas pessoas iluminam o dia das pessoas a sua volta. São charmosas, bem-humoradas e, quando são provedoras, colocam na linha as nossas incertezas. Firmeza e doçura? Firmeza e gostosura? Como transformar essas características em expressão física, em ações e palavras?

Criei um personagem assim. É um homem que tem a capacidade de se repartir, de deixar um fractal de si mesmo em outras pessoas. É alguém contraditório, generoso e egoísta, caloroso, acolhedor, mas decidido e muito, muito gostoso. Ele está adequado ao contexto em que vive, aos programas de invasão da mente que ele cria, até que, atraído por uma mulher, ele se mete numa encrenca.

Só fiz até aí. Porque às nove da noite, a Sarracena chegou aqui em casa em crise. O príncipe parou de aturá-la e isso, para ela, é um crime. Minha amiga divide a humanidade em quem aceita tudo o que ela faz e os que a rejeitam, não aceitando.

Eu li, num romance russo, que existe uma expressão na língua deles para pessoas que iluminam a vida da gente: luz dos meus olhos. Assisti a uma peça, onde o personagem diz sobre a mulher que morreu: luz dos meus olhos. A Sarracena não ama o homem dela assim porque eles estão sempre duelando, divergindo sobre alguma coisa, mas, o que é pior, acham que amor deve ser harmonia e não divergência.

Ela disse, aos prantos, maldita hora em que conheci esse cara, porque minha vida era melhor antes. Era nada. Conheci a vida que ela levava antes, com um namorado de oito anos, em quem ela só faltava limpar os sapatos.

Servi um lanche, por educação, louca para voltar para meus personagens e suas histórias, mas como eu ia abandoná-la, na sala, em meio a essa confusão? Minha prima chegou do trabalho, ela contou a história toda de novo, minha prima se solidarizou na batida de que os homens realmente são impossíveis. E são.

As duas começaram a trocar concordâncias do que a Sarracena fez e não devia ter feito, quais foram os erros, como se isso adiantasse alguma coisa. Quanta bobagem. Errar é bom, faz parte do dia a dia de pessoas de carne e osso. Imaginar que, sem saber que um caminho ia dar errado, poderia ter feito outro diferente é idiota. Mas eu ia dizer isso para elas? Nunca.

Não dei muita atenção, também, fiquei só escutando, vendo minha priminha dar uma de especialista em questões amorosas. Ela tem problemas diferentes, com a vantagem de ser prática e namoradeira. Por isso está sempre namorando firme com uma mulher diferente.

Uma coisa que atrapalhou a Sarracena foi que o namorado é um cara de grupo e ela é muito ciumenta e individualista. Um pouco como a diferença que existe entre nós dois. Há quanto tempo você conhece esse pessoal com quem anda? Dez, quinze anos? O Rodrigo, eu sei, já voltou para o Brasil seu sócio. O Baleia fez mestrado com você, e a mulher dele não fez, ficava só fazendo petiscos enquanto vocês reinventavam a roda. Não suporto brasileiro deslumbrado com gringo arrogante. Como ele com você.

Acho que o príncipe da Sarracena aturava o que ela fazia, mas, no fundo, no fundo, achava que não combinavam. Como se ele fosse aquela mulher que não sai na rua com sapato descombinado da bolsa. Ou como se ela fosse o tipo de garota que os caras não apresentam para a mãe. Os amigos dele, os que combinam com ele, detestam a Sarracena. Alegam o motivo mais prosaico. Ela o fazia sofrer e o levava para o mau caminho da instabilidade, da incerteza. Para longe deles, claro. Seus amigos não gostam de mim por que mesmo?

Não é uma gracinha como as pessoas se acham no direito de se meter na vida dos outros?

Muito bem. Ele está sozinho agora, é todo dos amigos e ela vai cair matando, porque é vingativa. Até já entrou em contato com um ex que mora fora do país, um daqueles para quem ela deu para esquecer um namorado. Combinou com o cara um final de semana em algum lugar na Europa, ela indo até lá, o sujeito se achando, vai contar para todos os amigos "uma brasileira gostosa vai atravessar os oceanos para dar para mim" e, na verdade, uma brasileira vai atravessar os ares para esquecer um brasileiro Mané que não sabe domar a onça. Porque alguém disse para ele que mulheres são independentes, fortes e não devem ser contidas a não ser consensualmente por correntes e algemas. Isso tudo a Sarracena disse num crescendo de indignação e choro, depois de meia garrafa de vinho, e minha prima foi ficando sem palavras, esgotou o repertório de conselhos sensatos.

Isso me deixou mal. Os amigos vão para cama com ele? Vão iluminar o dia, fazer da noite uma montanha-russa tórrida, inspirá-lo? Como eu fazia com você? Não vão. Às vezes, eu tenho dó de quem abre mão desse sofrimento atroz e gozo inenarrável. Como eu. Estou abrindo mão de você, mas por motivos completamente diferentes.

Porque a cada dia tenho menos vontade de lutar para estar com você. Porque dá um gosto ruim batalhar para encaixar coisas quando se trata de gente. Como se um casal de apaixonados fosse aquela tomada de notebook que não entra e a gente tem que procurar um adaptador para encaixar. O vidro de alcaparras que a gente precisa ficar procurando qual o caminho para tirar a tampa. O catálogo de contatos do iPhone que organiza os nomes de um jeito que a gente não está acostumada.

Pois é. Não quero isso na minha vida, na minha cama. Quero o que nós tínhamos antes de você começar a me combater.

Não acho que você se parece com o namorado da Sarracena. Você se parece com um andarilho egoísta que só se preocupa com seus próprios objetivos e afasta a mulher que ama como se afasta um mosquito que pode transmitir uma doença incurável.

Não pude voltar para o meu roteiro. Porque meu ex me ligou. Não o ex que é você. O outro, o anterior. Conversamos uns 30 minutos, ele gosta de telefone, ao contrário de você. Marcamos de sair na quinta, depois que eu apresentar meu projeto. Vou colocar no meu blog secreto, aquele que só eu e você sabemos do endereço. Tomara que você leia. E morra de ciúmes.

Rainha

Minha prima saiu aqui de casa para voltar para a casa dela. Porque enfiou na cabeça que a mãe vai acabar se envolvendo com algum taxista, comerciante do Méier ou professor malremunerado, todos casados ou recém-separados. Porque minha tia passou a frequentar aulas de dança de salão e sair para dançar com os colegas e são esses homens, minha prima concluiu, que fazem parte do grupo. Praticamente disse: esse tipo de gente. Poderia ter dito "os marcianos", uma espécie à parte. Ela acha também que os pais deveriam parar com essa infantilidade e voltar a morar juntos.

Quando tentei ponderar, ela berrou comigo: "é porque não é a sua mãe que está se tornando Rainha dos taxistas!" Fiquei puta.

Só que algumas pessoas mudam e parece que minha tia é uma delas. Aconteceu de minha prima chegar em casa e não encontrar mais o quarto como havia deixado. A mãe tinha desmanchado a cama, encaixotado os livros, emassado e pintado as paredes de branco e transformado o quarto num ateliê de costura, sonho que ela tinha, segundo informou à filha, desde menina. "Mas vai ser por pouco tempo, vou vender o apartamento, dividir com seu pai e morar num apart-hotel".

"Mas e eu?", perguntou minha prima horrorizada.

"Você saiu de casa, lembra? Disse que nunca mais queria morar comigo."

Minha prima berrou, chorou, ligou para o pai, que escutou paciente, mas não podia fazer nada, além do quê, estava contando com os 50% da venda do apartamento para comprar outro, com a segunda mulher.

Os irmãos foram mobilizados, a família deles passou o dia nesse conflito, as malas na sala da mãe, que está firme como um rochedo, calma como a Lagoa em frente da qual se debruça o apartamento deles.

Minha tia está irredutível, mas tranquila. Não sei o que está acontecendo com ela, mas duvido que seja a influência de algum taxista, professor de dança de salão ou quem quer que seja. Em primeiro lugar, porque não acho que ela se envolveria com um homem que não tivesse os mesmos interesses, em geral. Cumplicidade é a palavra-chave da minha tia. Ela pode evoluir dentro desse campo, fora nunca.

Não contei para minha prima, mas, um final de tarde desses, sufocada por estar em casa trabalhando, num domingo de inverno com sol, desci, peguei um táxi e fui até o Arpoador, sentei nas pedras, fiquei apreciando o movimento, curtindo o cheiro do que dois rapazes fumavam perto de mim.

Abaixo, vi uma mulher caminhando, o rosto para cima, queixo em pé, narizinho em riste, como você já disse que eu ando e observei que minha prima anda assim também. Quando eu e ela não estamos com os ombros para frente e o rosto para o chão, derrotadas.

Mas minha tia estava com o rosto voltado para o céu e eu — que não converso com ela há coisa de um mês — notei que ela respirava contentamento. Está uns dez quilos mais magra do que quando separou há seis meses.

Olhando me lembrei dela, há muitos anos, comandando uma festa de aniversário de um dos filhos, forte, determinada, independente. Ela era assim, talvez com o apoio do marido, mas ela era assim. Do jeito que estava andando, na beira da praia, sem ligar se molhava os tênis, plena, me deu a impressão de que tinha voltado para ela mesma. Pode ser que tenha já algum outro candidato a marido na área, mas me pareceu autocombustão.

Depois do almoço, meu primo mais velho me telefonou. O que me entregou os disquetes de minha mãe. Ligou da sua maneira distante e bem-educada. "Lelê, você pode conversar um instante?" Quando eles me tratam pelo nome inteiro, a encrenca é certa. Quando erram meu nome, como minha tia faz, de vez em quando, é para me punir por alguma discordância. Quando usam o apelido, precisam de alguma coisa. Você quando usava o apelido era porque estava caindo de tesão. Eu adorava quando você me chamava de Lelê.

Estou tergiversando, como de costume. Meu primo estava preocupado com a instabilidade da irmã. Eu conhecia a namorada dela, sabia que tipo de pessoa, de família, na minha opinião, minha prima está precisando tomar remédio?

Isso e minha mesa entulhada de solicitações e meu chefe olhando, do aquário, o salão e vendo, claro, eu com o celular na orelha. Fui telegráfica, como ele e a mãe dele foram comigo a vida inteira.

Não, sua irmã não precisa tomar remédio, ela é apenas mimada, egoísta, mal-educada, apesar de ser uma pessoa muito legal. A nova namorada também é legal e faz uma panqueca melhor do que a da sua mãe, se é que isso é possível. É filha de uma família ainda mais careta do que a sua. Por isso, minha aposta é que o namoro não dura, apesar de as duas acharem que estão namorando para casar. O dia em que os pais dela descobrirem que sua irmã não é só uma amiga querida, aliás, um fingimento injustificável e babaca, vão ameaçar deserdar a filha e a pirralha recua. Sua mãe está mesmo saindo com um taxista, casado, endividado, pai de seis filhos?

Eu não disse isso, claro. Esse texto estava no balão de pensamento. O balão de fala foi bem-comportado. Só perguntei, ao final, se minha tia estava mesmo com algum namorado inadequado.

— Minha mãe comentou comigo que conheceu um doutor em sociologia que estuda o impacto das políticas afirmativas. Ele é divorciado, os filhos moram com a ex-mulher. — Meu primo fez uma pausa. — É um pouco mais jovem do que minha mãe.

— Cor? — Não resisti a perguntar, apesar de meu chefe estar se aproximando.

— Não entendi a sua pergunta, Eilenora. — A voz do meu primo dava para cortar com fura-gelo.

— Qual a cor do namorado? É branco, é preto, é mulato?

— Acho que podemos dizer que ele é negro. Eu preciso desligar. Lelê, estou achando ótimo minha irmã dividir apartamento com você...

— Ela não está dividindo apartamento comigo, primo. Estava ajudando nas despesas e já saiu de lá. Hoje para ser mais exata. Por que você não ajuda sua irmã a comprar um apartamento para ela?

— Acho que não é o caso. Obrigado então por sua ajuda.

Ele desligou, sem me dar informação do que estava realmente acontecendo, mas eu não podia, nem queria saber das tempestades deles. Não estou a fim de me aborrecer com quem me ajuda, me apoia, abre o meu caminho profissional. Como meu chefe com sua cara feia para funcionários que conversam no celular durante o expediente. Como eu. Além disso, meu chefe não erra o meu nome.

No final do dia, minha prima passou uma mensagem, pelo celular, precisava falar comigo urgente, estava indo lá para casa, eu podia sair mais cedo do trabalho? Eu não podia. O dia seguinte era o deadline para apresentar o *storyboard* e eu preferia terminar isso na emissora. Mas, se ela quisesse, eu poderia jantar às dez, que tal?

Nada durante o dia tinha me preparado para a avalanche ariana que desabou sobre mim. Uma mistura de fúria contra os outros, pena de si mesma, falta de noção.

"Só a Ingrid me ama!"

"A Ingrid tem 18 anos, sei que ela segue você para cima e para baixo em adoração, mas o seu critério de amor é concordância?", perguntei.

Disse isso da maneira mais suave possível, provoquei outra torrente de acusações.

"Só porque você perdeu o namorado por causa da sua intolerância em relação aos amigos dele, inclusive o Baleia, um gênio, um dos caras mais brilhantes da geração dos novos empreendedores em informática..."

"Pode parar", eu atalhei, antes que fosse obrigada a lhe dar umas palmadas ou deixá-la dormir na calçada do meu prédio. "Você já faltou ao trabalho hoje, já se aborreceu bastante, vamos dormir, amanhã a gente conversa e resolve essa situação."

Não adiantou, ela estava magoada com o mundo, foi embora para a casa da namorada, eu fui para a minha. Cheguei, as malas dela no meio da minha sala, a maior bagunça, olhei, abri o computador, tentei trabalhar um pouco.

Eu gostaria de mostrar para você como ficou o *storyboard* final, o que vou apresentar amanhã para o editor. Mas estou decidida a esperar para ver se você precisa de mim, dos meus beijos, das minhas histórias, do calor do meu corpo. Perdi a confiança que eu tinha no desejo, na admiração, no amor que você dizia ter por mim.

Penso que no *storyboard* a memória, a ficção, a vingança estão no ponto certo. Minha prima disse que eu discrimino o Baleia, seu sócio. Ela está errada. Ele é que discrimina as pessoas, eu inclusive, e se julga no direito de escolher qual mulher ele apoia na sua cama. Ele e a mulher dele não me incomodam, desde que não queiram agir como se você fosse filho deles e eu, o mau elemento que lhe coloca no mau caminho. Tanto eles não me incomodam que não são meus personagens.

Agora, Rodrigo e a namorada são casos diferentes. Porque eles têm algum prazer pervertido em prejudicar os outros. Lembro de uma secretária que vocês tinham. A pobre conheceu um rapaz em São Paulo, queriam casar, ela juntando o dinheirinho, morando em vaga, sonhando. A namorada do Rodrigo colocava defeito em tudo que a secretária fazia, mas de uma forma sonsa, até convencê-lo a não indicar a menina para a filial de São Paulo. Convenceu o Rodrigo que a moça era beligerante só porque a menina se defendia da perfídia! Um parêntese: adoro essa palavra "perfídia".

Sabe o que eu fiz com ele? Transformei-o no senhor feudal que não avisa a uma guerreira linda que existe uma ponte derrubada no caminho e provoca um acidente horrível, fazendo com que ela se torne manca e reclusa. A ela transformei numa vampira anoréxica que por mais que beba sangue nunca resplandece porque uma praga a faz vomitar tudo, a mantém numa fome eterna.

Mas, voltando para as malas da minha prima, para os problemas familiares, não consegui trabalhar, deixei tudo registrado no blog, fui para a cama, extenuada de conflitos, dormi.

Quando saí, pela manhã, fazia um sol lindo e dava tempo para tomar um café. O que é que tem engordar um pouco, com chocolate quente e pão gostoso, antes de realizar o sonho de publicar uma coisa minha, antes de virar adulta, de verdade, autora do destino dos meus próprios personagens?

Fui. Andando com a pasta chique, a que você trouxe para mim, de uma de suas viagens. Usando o perfume que comprou em outra. Segui pela Jardim Botânico, pensando nas manhãs em que eu e você andávamos pela praia, conversando, conversando, conversando, depois de uma noite de delícias.

Na lojinha tão simpática, já existiam fregueses, poucos, dia de semana, os bicicleteiros ainda não são tão conhecidos assim. Um dos fregueses era você.

Há quanto tempo a gente não se encontrava sozinho, sem testemunhas de nossos conflitos? "Em nenhum horizonte me imagino com você", antes que a lembrança dessa frase envenenasse meu dia, você sorriu para mim, levantou da sua mesa e sentou comigo.

Nós não conversamos há meses e, de repente, me vi contando de minha prima, minha tia, minha tataravó, minha mãe para você. Falei, falei, falei como se estivesse muda há anos, como se estivesse há dias andando num lugar seco, frio e escuro sem água, sem calor, sem luz.

— Eu sabia que ia ser difícil vocês se acertarem. — Você disse. — Sua priminha é um doce, mas é muito sem paciência.

Fiz de conta que não me incomodei de você dizer que ela é um doce. Sem seu corpo, sem seus beijos, sem suas garras me apertando e me marcando, nenhuma mulher pode ser um doce para você. Proíbo.

Não disse que proibia, apenas mudei de assunto e falei da apresentação que aconteceria dali a uma hora. Você pediu para ver os desenhos, o arquivo, perguntou se podia ver no seu notebook, comentou, deu dicas importantes. Eu quase ronronando de felicidade. Odeio ser reduzida a esse estado de garota de 12 anos, deslumbrada pelo garoto de 15, em que fico quando você me dá atenção plena.

"Chegou sua hora, é melhor ir agora, senão vai se atrasar", você disse e fez sinal para o atendente e pagou a conta sem me perguntar se eu queria, e desplugou a pen drive depois de ter modificado coisas na apresentação que a fizeram muito melhor, claro, porque você conhece tudo sobre as possibilidades de mercado de quadrinhos, *graphic novel* e afins. Porque você é um monstro arrogante que surgiu do nada para me lembrar que batalhas ficam mais fáceis quando está junto de mim.

— Por que você veio tomar café aqui, no Jardim Botânico? Tão cedo e tão longe dos seus hábitos?

Você ficou olhando para mim, seu olhar trocista, seu sorriso de rosto inteiro, eu me sentindo uma das minhas personagens, a garota pugilista que é tímida demais para desarmar as defesas contra o garoto charmoso com quem ela vai salvar o mundo e construir um reino.

— Vim porque tive um palpite que você poderia estar aqui, tomando café antes da reunião mais importante da sua vida. Agora anda, vai logo, senão você se atrasa.

Você fez sinal para um táxi e antes de eu entrar me beijou.

Eu sou uma ridícula! Não é que o beijo derreteu meus ossos, como se fosse nosso primeiro beijo, como se fosse nossa primeira vez na escada, nossa primeira garagem? Por que você me faz sentir, de novo, como se fosse uma criança confiante?

Penélope

A apresentação foi um sucesso. Eu estava simpática, segura, relaxada. Os personagens entrosados com os cenários, apenas um ou outro sobrando, desajustado. O editor sugeriu tirar os que pareciam exagerados ou inúteis, sem relação verdadeira com a trama.

Justamente os inspirados nos seus amigos idiotas. Não vale a pena gastar cera com maus defuntos. Li isso em algum lugar. Talvez num dos sites de antepassados na Internet. Um dos que minha prima descobriu e que a fez montar uma árvore com todas as mulheres que descendem de Eilenora.

Não sei como você não percebeu que a vampira anoréxica estava sobrando. O editor gostou mais dos ex-drogados comendo cachorro-quente e servindo de pano de fundo para o protagonista curtir a solidão e a saudade da peste da mulher que sumiu no mundo (você) do que de qualquer personagem inspirado na turma com quem você anda. Ou talvez você tenha percebido e achado graça, pela primeira vez, na maneira como lido com as pessoas que me rejeitam. Cravando uma estaca no coração delas através dos personagens que desenho.

De qualquer forma, ele sugeriu cortar essa trama secundária. Está certo. Por que vou gastar tempo com os dois, se até a secretária, Cristina, está muito melhor sem eles? Trabalhando em São Paulo, com o maridinho, feliz. O editor usou um argumento fatal: o acidente com a ponte já foi usado por uma escritora chamada Daphne Du Maurier, em *O general do rei*. Perguntou se eu já tinha lido a história, disse que não, impressionada com o conhecimento do cara.

Assim que cheguei à minha mesa, corri para o Google e achei a escritora, na melhor versão, no blog do Eduardo Pitta, Da literatura. Busquei quem é Eduardo Pitta. Moçambicano, gato, culto. No site diz que, last but not least, é interessado em hermenêutica gay e que "alguma razão haverá". Ele diz que a crítica nunca perdoou a autora de *Os pássaros* pela apreciação do público. Isso é injusto, não é?

Mas é justo cortar o que o editor apontou como supérfluo. Não é legal eu encontrar mais um leitor privilegiado, além de você? Infelizmente, ele é gay. Mais velho, barrigudo, simpático e gay. Ninguém é perfeito.

Sei que cheguei ao trabalho tinindo de felicidade, para usar uma expressão da minha mãe. Já discutimos a minuta do contrato, prazos de entrega, preciso trabalhar todos os dias, mas, nesse momento, tudo está fácil.

Estou escrevendo direto no blog, esperando que, pelo menos hoje, você acesse o endereço e leia. E saiba que parte da minha vitória eu devo a você, a nossa conversa minutos antes da apresentação. Às muitas vezes em que fiquei contando histórias para você, depois de nós transarmos e antes de nos desentendermos.

A única coisa talvez que você não goste é que no meu celular tem uma mensagem de texto do meu ex, perguntando o que eu quero fazer hoje à noite. Com ele.

Houston, we have a problem. Se eu sair com ele, acho que desencano de você. De vez. Vou ser sua amiga. Que tal? Porque ele é um cara muito legal. Descomplica a vida. Não oscila, não vacila, não tem ambiguidade.

Eu me sinto, nesse blog, tecendo a mortalha de algo que vai morrer um dia e fico aqui, fazendo o desenho de dia e destecendo os nós de noite. Sem entender o que é morte, o que é renascimento. O pior de tudo, sem saber o que ou quem está morrendo. Vou tecendo cega quanto ao resultado.

Não sei se quem morre de vez é minha mãe, que eu nunca tinha passado a limpo, só interpretado em sessões terapêuticas idiotas em que ficava vomitando minha raiva contra as limitações nossas. A terapeuta meneava a cabeça e, de vez em quando, oferecia quatro palavras enigmáticas que eu seguia como mantras.

Não sei se quem morre são os obstáculos reais e imaginários que existem no meu caminho. Existiam, existem porque eu coloquei, alguém colocou, porque são inevitáveis? Escrever nesse blog secreto faz com que os obstáculos, os nós se desmanchem ou tomem a proporção certa no desenho.

O problema é que estou tecendo e destecendo, sozinha, sem você. E, quando acabar o tecido, não sei se vou querer ainda o seu rosto passando no meu rosto, no meu corpo, deixando o rastro da esfoliação a barba.

Não sei se quem está morrendo é minha criança de três anos. A que existe dentro de mim.

Não se iluda, eu não quero ser adulta. Adultos não desenham, adultos não confiam, só se entregam por contratos e condições sensatas. Adultos não sonham, não arriscam, adultos envelhecem.

Não sei se o que está morrendo é meu amor por você. Se eu sair com meu ex hoje à noite acho que não consigo fazer de conta que nada de mais aconteceu. Não sei se consigo voltar a escrever aqui amanhã, contando como foi. Por isso tenho dormido sozinha. Porque se eu trouxer outro homem para a cama onde vivemos tantas vezes juntos, acho que o tecido acaba.

Se isso acontecer, não vou perdoar você. E vou matá-lo no meu *graphic novel.* Porque carrascos não merecem seguir vivos, muito menos merecem o papel de herói. Mato você, quer o editor goste, quer não goste.

Estrangeira

Acordei, estendi a mão e seu corpo quente estava ao meu lado. Abracei suas costas, mesmo sabendo que, até dormindo, você é independente e solitário. Não importa, sou egoísta nua, como você é egoísta vestido.

Hoje, fui além, fiquei brincando com seu corpo, pegando em você, colando nele, porque estou segura.

A boa ação amorosa da vida da minha mãe é ter conseguido com seus segredos digitais aplacar minha zanga contra você.

Ontem, quando você voltou, ainda perdi uns cinco minutos em hostilidades inúteis, mas depois, quando perguntou "vamos para cama?" e me puxou e eu senti você duro, me deu uma alegria tão grande que os personagens todos sumiram da minha mente e só restou o seu corpo e o meu corpo, seu pau e minha buceta.

Antes de rolar nas suas teias, de voltar para a sua rede, anunciei: quero um filho. Nunca imaginei que tivesse um dia essa coragem. Dizer para você de forma direta, clara, o meu desejo de ir além. Eu nem tinha esse desejo. Foram as vitórias recentes que me deram essa confiança. Ou é o seu tesão por mim que me faz forte.

A Sarracena, aquela terrorista emocional, disse, uma vez, "pau duro, coração mole" para dividir com as amigas seu método de conseguir as coisas com os homens. Mas eu não fiz isso, pelo menos não engravidei primeiro e avisei depois. Anunciei antes, correndo o risco de você ficar de "pau mole e coração duro". Anunciei meu desejo porque sou esquisita e porque não quero mais dúvidas entre nós.

Interrompi seu caminho no meu corpo, segurei sua nuca com as mãos, e fiquei esperando. Você sorriu, seu sorriso lindo, perguntou "nós vamos criar juntos?", eu disse que sim e você voltou para o que realmente importa.

No amor, você usa as palavras que aprendeu comigo misturadas às do tirano encarnado que é. Na sua boca, a minha língua é mais doce porque você nunca se submeteu ao papel de vítima, foi, a maioria das vezes, candidato a carrasco do nosso amor.

Agora, você veio para meu corpo para ficar. Suponho que tenha sido porque gosta de ser amado por uma bárbara que perdoa, acolhe, mas, ao contrário de Caliban, não adquire a língua e não incorpora os vícios do vencedor.

Visões

Das mulheres que nascerão de mim, virá de quase tudo um pouco. Mas, em cada uma delas, persistirá a fúria aberta ou contida contra as circunstâncias. Uma dirá para a filha: se você não roubar, nós vamos ser destruídas, se você não me ajudar a escapar, me matam; e, um dia, quando a filha, dominada pela raiva, tentar negociar resgate, dará o golpe de misericórdia: enquanto eu não me suicidar, você não fica satisfeita.

Outra: jogará no rosto da filha, a cada ato voluntarioso ou de loucura, indistintamente, muitas e muitas vezes, vai embora e esqueça que tem mãe, só para depois, numa rotina de amor e dever, de disciplina e de medo, voltar atrás para apoiar quem é do próprio sangue.

Algumas criarão filhos homens provedores da casa e respeitadores da família. Poucas. Será dominante nelas, como em mim, a tolerância excessiva com erros masculinos, combinada com o controle que tanto irrita aos homens. Uma ou outra tentará, na desproporção do rancor, cobrar a dedicação exagerada, as desculpas permanentes, os mimos recebidos por eles sem retribuição como costumam ser dádivas oferecidas e não pedidas. Não adiantará nada. Pessoas não gostam de ser cobradas por terem usufruído do que não buscaram. Os homens apenas são mais brutos em renegar o que não pediram.

Faltarão homens à altura dessas mulheres. Entre outras coisas, porque homens que apreciam mulheres passionais são poucos e, quando aparecem, uma fila se forma a sua porta. Algumas desistirão deles e passarão a amar as próximas, as iguais a si mesmas, porque lhes parecerá insuportável ficar esperando pelo reconhecimento de um improvável príncipe e porque mulheres quando amam mulheres, amam bem.

Nenhuma apreciará homens ou mulheres que desprezam, violentam, chantageiam os mais fracos, a menos que essas pessoas sejam do mesmo sangue e estejam do mesmo lado. Porque tem mais isso. As mulheres que virão a partir de mim serão mulheres parciais, com necessidade de compreender as possíveis atenuantes no fato de uma pessoa querida cometer barbaridades. Serão mulheres com dificuldade de entender barbaridades cometidas por pessoas que detestam. Por inconformismo, mas também pela incapacidade de aceitar que barbaridades acontecem de uma forma ou de outra. Independente do lado em que elas estejam.

Na cegueira de seus sentimentos, as mulheres que virão depois de mim não conseguirão perceber, na hora, o absurdo que estarão ouvindo, a maldade, a falta de cuidado que estarão sofrendo.

Aos poucos, no entanto, a paixão cega não se voltará contra as próprias filhas e, a cada vez, os amores serão conduzidos com um pouco mais de leveza e doçura.

As mulheres que nascerão de mim serão imperfeitas, intensas, ricas em paixão e desejo, em alegria e desequilíbrio. Serão mulheres de carne e osso.

Produção editorial
Ana Carla Sousa
Gabriel Machado

Revisão
Flávia Midori

Projeto gráfico
Priscila Cardoso

Diagramação
Priscila Cardoso

Este livro foi impresso em outubro de 2010, pela Ediouro Gráfica, para a Editora Nova Fronteira. A fonte usada no miolo é Simoncini Garamond. O papel do miolo é pólen soft 70g/m², e o da capa é cartão 250g/m².

Visite nosso site: www.novafronteira.com.br.